AF391278

LES CAPRICES DU SEXE

ou Les Audaces érotiques de Mlle Louise de B.

Écrit par
Louise Dormienne

PRÉFACE DU PREMIER ÉDITEUR

Le roman qui suit ces deux mots de présentation se serait fort bien passé de préface. Il vaut, en effet, par lui-même, et ce ne sont point les commentaires qui lui donneraient des vertus, si, par malencontre, il en manquait. Toutefois il n'en manque point, comme on le verra.

Mais il n'est toutefois pas absolument vain de dire ici quelques petites choses touchant la clef de l'histoire qu'on va lire. Ce sera d'ailleurs une sorte de petit roman préalable.

Les aventures érotiques de Mademoiselle Louise de Bescé ont comme auteur un écrivain contemporain, qui s'adonna tout à fait par hasard à des écrits de littérature audacieuse, voire même plus qu'audacieuse. Et le lecteur ne s'en plaindra point.

Mais ce n'est pas tout : on pourrait peut-être croire que ce livre est tout imaginaire et de pure littérature. Cela, certes, ne lui enlèverait rien. Pourtant, ce lui apportera un charme de plus et un divertissement, je dirai même une richesse nouvelle, que de révéler en quoi les aventures érotiques de Mademoiselle Louise de Bescé sont un livre fait sur documents, une pièce en quelque sorte historique et, de ce chef, une œuvre de vérité.

On nous demandera comment nous savons cela. C'est que nous avons en mains le dossier du roman. Il comporte des lettres écrites par la jeune et charmante personne qui a vécu ces aventures, des récits, explications et comptes rendus de conversations avec elle, qui ne laissent, en vérité, aucun doute. L'auteur se contenta de donner le sceau de son talent et de soumettre à un plan classique une série de confidences authentiques, relatives à des circonstances vécues par une jeune fille du monde qui, au surplus, se les rappelait sans nulle amertume, si pénibles qu'elles pussent çà et là nous paraître.

Je dois cependant le dire si nous savons que le nom de Mademoiselle Louise de Bescé cache une jeune femme que nous avons peut-être rencontrée dans le monde ou dans un casino, sur un champ de courses ou dans un salon littéraire, la signataire du livre ne nous a pas laissé la possibilité directe de savoir de qui exactement il s'agit. Nous devons donc recourir aux hypothèses, aux recoupements, aux recherches à la façon de Sherlock Holmes, pour deviner l'identité du gracieux et peu prude personnage en question.

Même deviné, en sus, il serait vraisemblablement difficile d'imprimer le nom de l'héroïne. Nous n'en voulons pas moins aider les chercheurs à comprendre l'attrayant secret.

Bien entendu, le nom de Louise de Bescé est inventé. Il se pourrait toutefois qu'il mît sur la trace du nom réel. C'est ainsi que le prénom ancestral, Timoléon, devenu nom patronymique sous une forme raccourcie, pour les aînés de famille, est rare en France. Nous n'avons guère trouvé que huit familles dans ce cas. Nous laisserons, ceci dit, les amateurs d'archives suivre cette trace.

Ensuite, il y a une question de blason. Nous n'avons pas de raisons de supposer que l'auteur ait tout inventé dans les armoiries de la Maison dont elle se réclame. C'est ainsi que les faucons encapuchonnés sont rares comme supports d'un écu. Passons !… N'insistons pas…

Il y a autre chose d'important, c'est la comparaison des dates, pour divers faits contrôlables, avec certains événements racontés par Louise de Bescé.

Il y a, en effet, deux morts graves dans ce roman. Celle d'un gros marchand de produits pharmaceutiques, et celle d'un important banquier. On verra les circonstances de ces étranges disparitions. En tout cas, une étude portant sur les six années précédant celle que nous vivons, met en présence de deux décès notables, correspondant à ceux du grand banquier Blottsberg et du pharmacien Khoku.

Et une fois cette référence contrôlée, on se trouvera certainement en mesure d'identifier l'aimable personne qui collabora de son mieux à ces morts « érotiques », si nous osons dire, car le pseudonyme qu'elle portait eut alors un rien de célébrité.

Nous pensons en avoir assez dit pour que les curieux qui ne se satisfont point de la simple lecture puissent y ajouter quelques révélations piquantes et authentiques. L'héroïne même n'a pas tout dit sur ce qui lui advint durant qu'elle vivait d'elle-même, et la lecture des journaux à scandales du temps ajoute quelques fleurons à sa gloire.

Il serait peut-être intéressant encore d'étudier psychologiquement les personnages du roman et d'extraire de ce drame étrange et souvent amusant ce que l'on nomme une morale. Il est trop certain que les adolescentes, comme l'était Louise de Bescé, sont exposées à Paris – et ailleurs – aux mille embûches de la lubricité masculine.

Beaucoup, d'ailleurs, et comme elle fit, s'en tirent fort bien et sans en garder trop mauvais souvenir. Il est même probable que leurs époux, lorsqu'elles ont la chance de finir aussi bien que la toute exquise Louise, trouvent quelque satisfaction dans l'éducation sexuelle acquise par celle qui leur vint très déniaisée. Nous supposons d'abord, bien entendu, que ce ne soient point là de ces sots qui jalousent leur ombre et gâtent l'amour par des exclusives ridicules, à la façon du More de Venise.

Au demeurant, il nous semble, nous le disons nettement, que la civilisation soit avant tout une perfection et une libération des rapports amoureux. Il ne nous viendra cependant point à l'esprit de placer ici un couplet métaphysique sur les bases de la sociologie, de l'éthique et de l'érotisme.

L'auteur n'avait que la prétention de distraire et d'intéresser le lecteur. Il a fait, par surcroît, œuvre littéraire. C'est assez pour que ce roman très libertin conserve une place de choix dans l'Enfer des bibliophiles lettrés, de ceux qui ne dédaignent pas de lire les livres qu'ils ont achetés. L'Éditeur.

PREMIÈRE PARTIE
S'OFFRIR

1

Idylle

De la terrasse, on voyait la Loire onduler lourdement sur son lit de sable roux. Ceint de peupliers, entre ses rives surplombantes, le large fleuve menait son onde liquoreuse vers la mer. Le soir chut. Au couchant, le soleil se perdait parmi des buées mordorées. Dans le silence frémissant, empli de vols d'oiseaux, une cloche lointaine sonna le triple appel de l'angélus.

Louise de Bescé, mince et blanche silhouette indolente, s'approcha de la balustrade aux meneaux gothiques. Le lieu dominait le chemin et offrait sur les lointaines perspectives une sorte d'enfoncée aux lignes souples. La jeune fille aimait à méditer devant le crépuscule, grand drame quotidien, qui, depuis tant de siècles, angoisse les humains et semble leur rappeler la fin certaine de toute vie ici-bas.

Un oiseau passa en jetant de petits appels. Perdu dans la campagne déroulée comme un tapis, l'aboi d'un chien éloigné fut le cri désespéré de la terre menacée par la nuit.

Louise de Bescé rêvait. Elle se complut à placer, devant le spectacle qui, en ce moment, emplissait ses rétines, des personnages de romans favoris. Julien Sorel, raide et hautain, passa devant ses yeux. Puis Mathilde de la Mole, emplie d'un rêve orgueilleux et romantique devant le cadavre décapité de son amant. Elle se crut ensuite Aimée de Coigny, à la prison

Saint-Lazare, regardant, le 6 Thermidor, André Chénier partir pour la guillotine. Elle fut encore Madame de Cerizy, accourant pour sauver Lucien de Rubempré emprisonné… et qui venait de se pendre…

Ah ! donner sa vie, sa beauté et son amour à un homme supérieur et vaincu… On sait bien que la vie est courte. Mourir aujourd'hui ou dans quelques années, peu vous chaut ! Mais emplir sa jeunesse d'un délire dont, après vous, les hommes demeurent émerveillés !… Tracer, au-dessus des existences médiocres du vulgaire, un trait de feu qui longtemps éblouisse !…

Mais surtout… surtout, ne point vivre uniquement en fille du marquis de Bescé, soumise par les devoirs du nom à des disciplines puériles et pourtant accablantes. Vivre en femme libre… vivre son propre destin… Un frisson agita la frêle adolescente emplie d'imaginations ardentes et frénétiques.

Elle eut tout voulu faire, et le pire surtout… Elle n'était d'ailleurs pas certaine de savoir exactement ce qu'est l'amour.

Un bruit de pas et de voix troubla soudain sa songerie magnifique. On passait en bas, sur le sentier longeant la terrasse de Bescé. Ce chemin tors, couvert d'herbe haute, était solitaire et triste. Engoncé entre les lourds contreforts de pierre et un petit mur qui bordait, en face, les vignobles du marquis, il manquait d'air et de gaieté.

Louise de Bescé se pencha sur la balustrade. Un couple venait à pas lents et balancés. L'homme, un jeune campagnard faraud et robuste, vêtu de velours fauve, portait une blonde moustache effilochée. La femme, une brune paysanne, bien en chair et de port orgueilleux, regardait droit devant elle avec une sorte de gravité satisfaite. Ils parlaient haut, se pensant seuls. L'homme avait sans cesse aux lèvres un rire bruyant et sot. Soudain, sa compagne tourna vers lui une face tendue où les yeux luisaient. Un tourment secret la possédait visiblement. Et il se manifesta comme un cri...

Louise vit brusquement le bras féminin s'avancer jusqu'au ventre du mâle. Il y eut un arrêt et un geste mal compréhensible, puis, comme si la belle paysanne eut tiré un coutelas de quelque gaine cachée, sa main reparut, tenant une tige charnue, longue et à tête rouge.

La fille du marquis se rejeta en arrière. Une honte subite empourpra son visage étroit et délicat. Elle eut une seconde de tremblement inconscient. Pourtant, ses mains restèrent appuyées aux pierres crémeuses et moussues. Une lutte confuse secouait sa pensée. Une crainte vague aussi et un désir de voir encore... Ce désir fut le plus fort. Louise se pencha de nouveau vers les passants.

La scène s'était à peine modifiée. Mais la suite l'étonna tant que sa pudeur en disparut. Le couple s'était arrêté. L'homme, face stupide et bouche ouverte, les jambes un peu plus écartées que dans la marche, les bras ballants, se tenaient droit comme s'il allait tomber d'un bloc. Il était burlesque et peut-être tragique, car les gestes de la femme avaient une sorte de cruauté insolente, qu'accentuaient le sourire de triomphe et l'espèce de domination farouche de son attitude.

À peine inclinée, avec attention, appuyée de l'épaule gauche à son amant, elle caressait de la main droite l'objet que Louise de Bescé avait vu surgir tout à l'heure au bas-ventre viril. C'était évidemment le sexe : une façon de corne, grosse presque comme le poignet de la jeune fille, et dont l'extrémité écarlate semblait partagée en deux lobes dessinant la forme d'un cœur.

La femme maniait cet objet avec douceur et agilité. Elle le triturait de l'extrémité à la racine avec la paume et les doigts. Puis son mouvement s'accéléra et ce fut comme si elle frottait un bibelot cylindrique pour le faire reluire.

Que signifiait ce cérémonial ? Louise attendit la suite, ou la fin, avec une attention passionnée. Cela lui semblait si amusant, ridicule et absurde, que rien en elle ne se révoltait contre un spectacle aussi inconvenant.

Soudain, le paysan prit nerveusement la main de sa compagne et l'immobilisa. Un cri hoquetant s'échappa de ses lèvres ouvertes. Mais la femme ne voulut pas arrêter sa caresse, et s'obstina avec un rire croissant. On eût dit que l'homme allait tomber. Il chancela et ses jambes tremblèrent. Une sorte de liquide lacté jaillit alors de l'organe mâle.

La femme s'essuya la main et sauta au cou de son amant – ou de son mari – avec un enthousiasme féroce. Un instant ils restèrent accolés.

Alors elle lui demanda quelque chose d'une voix haletante. Il refusa. Elle devint pressante et Louise de Bescé devina qu'elle prétendait avoir à son tour ce… Mais vraiment, était-ce cela, le plaisir amoureux ?…

Enfin l'homme se résigna. Tous deux s'approchèrent d'un contrefort en demi-lune. Louise vit la femme se pencher en avant, dans un creux qui permettait de n'être vu ni à droite ni à gauche par les passants qui auraient suivi le sentier. Elle releva sa jupe. Dessous, elle était nue. Elle offrit une croupe puissante, rattachée aux cuisses par des muscles saillants.

L'homme vint s'accoter sur les fesses charnues. Son sexe avait perdu de son ampleur. Il tenta de pénétrer la gaine féminine et n'y réussit point. L'ardente amoureuse se releva, impatiente. Une ride de colère barrait son front. Louise perçut des injures. Les amants parurent se regarder en ennemis. Mais brusquement, la femme se mit à genoux devant l'autre, prit de la main le priape dont la rigidité moindre, sans doute, ne permettait plus l'acte à deux, et le flatta nerveusement. Le résultat fut nul. Alors elle se pencha vers le gland, et introduisit sans vergogne entre ses lèvres l'extrémité, assez semblable comme couleur et comme grosseur à un brugnon.

Le membre entrait doucement dans sa bouche, puis ressortait. Dès la quatrième sucée, le sexe redevint rigide. La paysanne agissait avec un naturel si parfait, une telle absence de réflexion et une simplicité si totale que la jeune fille, qui contemplait tout cela, n'eut pas sur-le-champ l'idée d'un acte spécifiquement impudique. Elle admirait, saisie d'un étonnement croissant, inconsciemment heureuse aussi, de contempler l'amour et le plus pervers, accompli, comme en pleine rue, sans souci et sans rougeur, sans « amour » même, comme une fonction naturelle.

Mais à ce moment-là, jambes écartées et croupe haute, la paysanne s'offrait de nouveau. Sur ses fesses, la virilité, redevenue massive et écarlate, se dressait comme une arme menaçante. Se tenant d'une main au mur, et l'autre main passée entre les jambes, elle saisit le sexe pour l'introduire. Il y eut des erreurs et des échecs, puis l'organe pénétra dans la vulve et le couple s'agita.

De grands frissons passaient sur les cuisses nues et les fesses rigides de la femme possédée. L'homme allait lentement, d'une sorte de va-et-vient, et il s'appuyait aux hanches débordantes comme un noyé à une épave. Un ronronnement très doux s'élevait du couple en action. De brèves saccades, par moments, agitaient le corps penché, dont les mains crispées égratignaient le mur.

Le mouvement s'accéléra. Prise comme une bête, la femme dirigeait encore le mâle qui la saillait. Elle tremblait comme un arbre agité. Soudain elle dit quelque chose, et Louise vit une des mains du mâle quitter la hanche, s'insinuer entre les globes charnus et glisser un doigt agité dans l'orifice supérieur...

Alors la femme eut un grand cri de jouissance et poussa des appels frénétiques :

— Vite… vite… vite !…

Lui tenta d'enfoncer plus profondément son sexe dans le corps grand ouvert. Ils s'arrêtèrent un instant, puis la jouisseuse plia les jarrets, s'abattit sur les genoux et roula enfin sur le dos. L'homme demeura stupide, debout, avec sa verge raide et luisante, qui lui battait spasmodiquement le ventre.

Louise vit, jambes ouvertes et ventre nu, le corps féminin qu'une toison épaisse et longue ornait entre les aines. Une ondulation lente en agitait encore les hanches. La paysanne soupirait comme dans une grande douleur.

Soudain, se levant sur son séant, elle regarda la virilité étalée et dit d'une voix sèche :

— Tu as joui ?

— Non ! dit l'homme, avec l'air de demander excuse.

— Attends ! Viens !

Il s'approcha. Elle se rua sur le membre écarlate. Louise pensa que c'était là une obligation pour celle qui se donne. Il lui faut « faire jouir », selon la formule, son adversaire, sinon elle avouerait son incapacité de donner aux mâles ce qu'ils attendent des femmes. C'est un aveu que nulle ne consentirait à faire. Louise de Bescé le comprit en voyant, sans joie et sans délicatesse, mais avec le souci technique d'obtenir au plus vite le résultat désiré, la femme sucer et lécher l'organe qu'elle avait du mal à garder dans la bouche, car c'était vraiment un sexe superbe. Elle fit enfin comme si elle allait avaler cette chose énorme et ses lèvres l'engloutirent jusqu'à la racine.

L'homme leva les bras avec une sorte de hennissement. Son souffle s'accéléra. Il saisit des deux mains la chevelure de celle qui le possédait ainsi. La femme serra convulsivement les lèvres :

— Arrête !… arrête !…

Elle se releva, l'air froid et triomphant, puis cracha à terre. Alors Louise, dans un dégoût instinctif qui lui donnait presque la nausée, connut pour la première fois, au fond de son organisme, un désir qui naissait. Et la honte lui vint.

Le couple, maintenant, se regardait avec des yeux de glace. Chez la triomphatrice, un sourire défiait l'abrutissement masculin.

— Tu viens ? dit-elle enfin, d'une voix âpre, comme si rien ne s'était passé.

Il dit oui et se redressa lentement.

— Presse-toi, il va bientôt faire nuit.

— Oui ! oui ! dit-il.

Il semblait stupide. Une tristesse bestiale emplissait ses traits égarés.

Tous deux s'en allèrent. Avec une stupeur peu à peu atténuée, Louise de Bescé les regarda disparaître. Mais lorsqu'ils se furent éloignés, le sang lui couvrit les joues et elle se sentit défaillir. Le silence était revenu. L'aboi du chien s'entendait encore. Le soleil était maintenant au ras de l'horizon. Un frisson parcourut les arbres derrière la jeune fille, qui perçut une odeur âcre et rance, un remugle de pourriture et de terre humide, un parfum nauséabond et en même temps délicat, qui lui parut désormais appartenir en propre à l'amour.

2
D'hermine au pairle d'or

Mademoiselle Louise de Bescé était la fille du marquis Jacques Timoléon de Bescé d'Yr. Tous les aînés de la famille se nommaient Timoléon, nom qu'on avait fini par abréger partout, de sorte que les annuaires parlaient seulement des Timo de Bescé. Il y avait aussi les barons de Bescé d'Æcatel, branche issue d'un Mestre de Camp de Louis XIV, et les Bescé, sans nom complémentaire, qui n'étaient que chevaliers, mais jouissaient de l'enviable privilège d'habiter toujours le village de Bescé, près d'Azay-en-Touraine.

Les Bescé d'Yr furent connus avant l'an mille. La fameuse charte dite des Turons, de 896, contient le nom d'un Bescé. On en trouve un autre ayant légué, en 1060, trente perches de vignes à un moutier édifié sur l'égide de saint Grégoire. Un baron d'Yr vint en Terre sainte avec Baudouin et habita quinze années Constantinople. En 1385, un marquis de Bescé d'Yr administra l'Île-de-France. Celui-là se nommait Eudes.

Le premier Timoléon date de 1490. C'était un farouche guerrier, suspect de ne point croire en la sainte Église catholique, mais qu'une immense fortune et un courage avéré firent toute sa vie respecter. Dès lors, les Timo de Bescé d'Yr, nantis d'un marquisat, occupèrent jusqu'à la Révolution les premiers rangs autour des rois qui se succédèrent.

On en vit un dans l'intimité de Henri IV, puis de Louis XIII.

L'inimitié de Richelieu n'arrêta point l'essor de la puissante maison, qui, déjà, manifestait son mépris des prêtres, fussent-ils cardinaux. Durant le règne de Louis XIV, un Timo de Bescé resta dix ans ambassadeur à Vienne. Son propre fils assuma, au début du XVIIIᵉ siècle, la charge redoutable de surintendant pour les Finances, alors en mauvais point. Ses lettres ont été publiées. Il y traite la veuve Scarron avec un mépris magnifique. En 1720, ses deux fils sont parmi les camarades de débauches du Régent. Dès lors, les Bescé d'Yr passent dans les rangs philosophiques. Ils sont carrément révoltés contre cette monarchie qui les couvre de ses faveurs. Antoine Timo de Bescé fait, en 1789, partie des États Généraux. Il est, avec un Montmorency, le promoteur de la nuit du 4 août. On le trouve lié avec Robespierre en 1793. Conventionnel, il vote la mort du roi et il serait sans doute mort sur l'échafaud s'il n'avait été, le 9 Thermidor, en mission à Madrid près de Godoy, le Prince de la Paix. Il passa ensuite à Naples, toujours plus révolutionnaire à mesure que la Révolution changeait de face. Dernier de sa race, il semblait devoir l'enterrer, quand, à Venise, il épousa en 1799 une Dandolo, héritière de trente Doges. Elle lui donna quatre fils.

Il revint en France dès 1807 et se rencogna dans ses propriétés tourangelles. De ce moment, les Timo de Bescé ne sont plus, jusqu'en 1880, que de gros propriétaires autour desquels règne une légende tragique. Deux filles fuient leur famille à la fin du second Empire pour épouser des gens de rien. Un fils déserte en 1883, part en Argentine, fait là-bas une immense fortune, puis meurt assassiné.

Le père de Louise de Bescé présidait le conseil d'administration de la Banque du Centre. C'était un homme robuste, avec la face même de ces terribles escrimeurs du XVIe siècle, qui affectaient pourtant des façons efféminées. Une barbe en pointe et des cheveux fous le faisaient ressembler à ce Gast qui fut l'amant de la reine Marguerite et qu'il fallut tuer au lit pour avoir sa vie. Louise de Bescé avait deux frères, l'un, devenu déjà, à vingt-cinq ans, un financier retors, sous la direction de son père ; l'autre, pris d'enthousiasme pour l'aventure, colonisait au milieu des anthropophages de la Nouvelle-Zemble, et s'était taillé là-bas une sorte de royaume.

La famille portait d'Hermine au Pairle d'Or, l'écu surmonté d'un heaume d'argent, taré de front, et à neuf grilles. Cette faveur unique, car tous les marquis de France timbrent leurs armoiries d'un heaume à sept grilles, leur donnait rang de ducs non souverains. Les lambrequins du chef étaient d'hermine à bordure d'or.

Les tenants aux côtés de l'écu montraient deux faucons au naturel affrontés, et la devise orgueilleuse que dominaient les armoiries se lisait « TOUVJOVRS SEVL ».

Louise de Bescé, dans la nuit tombante, revenait doucement vers le château. Un souffle froid et humide passait sous l'allée bordée de hauts chênes. Les bruits légers des vies mystérieuses qui commencent à agir après la disparition du soleil se manifestaient autour d'elle. C'étaient des petits cris, des glissements et des frissons dans l'herbe agitée. Au ciel, les étoiles dessinaient leurs mystérieuses figures. Le sable crissait sous le pas de la jeune fille méditative. Louise entrevoyait, à travers le rideau des feuillages, les taches dorées de fenêtres éclairées à la façade du château dressé dans sa masse énorme au centre d'une pelouse démesurée où serpentaient des allées incurvées.

Élevée dans l'orgueil traditionnel que les Bescé unissaient à une liberté jugée excessive par les gens sensés, la jeune fille était à la fois courageuse, timide et froide, avec, au fond d'elle-même, un secret tumulte de violentes passions cachées.

Elle était cultivée. On lui avait donné comme éducatrice une dame agrégée de l'Université, révoquée par le gouvernement pour avoir publié naguère un livre sur l'immoralité de l'histoire de France. Louise aurait pu faire, comme toutes les adolescentes de son âge que pousse la vanité, une bachelière ou même une avocate, dont on publierait le portrait dans les illustrés et qui ferait des conférences sur le suffrage des femmes. Mais le marquis Timo de Bescé avait dit : « Il n'est que les sots et les gens du commun pour réclamer des diplômes. On sait, ou on ne sait pas ; on fait, ou on ne fait pas. Seul l'acte compte. » Aucun des enfants de cette famille hautaine n'avait donc subi d'examen depuis un siècle. Tous pourtant étaient d'esprit délié, humanistes et érudits même. Louise, comme ses frères, avait appris pour savoir et non pour posséder des certificats.

En son esprit deux influences combattaient constamment : celle d'un père débordant d'orgueil et de volonté, qui tenait tout acte pour justifié de ce seul chef qu'il était accompli par quelqu'un de la Maison de Bescé, et celle d'une mère à demi mystique. Non point d'ailleurs que Madame Claude-Amélie-Louise-Marie de Bescé, née d'Orgelans de Jalaviac, eût aucune dévotion d'ordre confessionnel. Les comtes d'Orgelans de Jalaviac ont toujours été connus pour leur athéisme, même au temps où cela mettait en grand risque d'être brûlé. Mais elle était dévote de Jean-Jacques Rousseau et de ses descendants spirituels. Les d'Orgelans de Jalaviac portaient parti au premier de sinople, au deuxième coupé d'azur, chargé d'une coquille et demie d'or, et de gueules au quintefeuille d'argent.

Louise de Bescé revenait en méditant vers le château. Le spectacle amoureux dont elle venait d'être le témoin ne lui avait causé que de courtes révoltes intimes. Elle se tenait trop au-dessus de la plèbe paysanne pour que les actes de tels rustres pussent l'offusquer.

Elle était chaste aussi, c'est-à-dire dépourvue de tout vice secret. À dix-huit ans, elle ignorait encore les attouchements sexuels par lesquels bien des adolescentes apaisent une fièvre inavouée et des désirs développés par la puberté. Elle prenait peu de plaisir à se voir nue et rien ne l'incitait à ces caresses que les filles s'accordent seules, en imaginant qu'un amant invisible passe une paume précautionneuse sur les seins naissants, sur le ventre lisse, sur la croupe déjà forte, sur les aisselles dont l'odeur est enivrante pour les voluptueuses, et aux connexions des cuisses, le long du périnée où la peau fine recèle des frissons si ravissants. Louise de Bescé ne connaissait pas encore les prurits de la vulve.

Ce calme physiologique était le fruit de sa vie bien équilibrée, remplie de jeux sportifs, de promenades, de lectures, et d'actes en lesquels l'intelligence seule régnait.

Mais elle venait de voir des choses étonnantes. Un livre, jadis trouvé dans le grenier du château, fort mal traité certes par les rats, mais assez intact pour dire le secret de ses imageries, lui avait appris naguère la théorie de ce qu'elle venait de regarder vivre. C'était le *De Figuris Veneris* de Karl Forberg, un savant de Cobourg, qui a fait l'anthologie classée des divers comportements amoureux. Une estampe illustrait le chapitre intitulé : *De la Futution.* On y voyait une femme à quatre pattes, chevauchée par un homme nu. Mais nul n'ignore que les artistes inventent mille impossibilités. Louise de Bescé avait pris cela pour une clownerie destinée à réjouir le lecteur. Elle comprenait maintenant que cette prise de possession, imitée des bêtes, restait aussi un acte humain. Mais quel plaisir pouvait y trouver l'acteur mâle, debout et s'agitant en cadence ?

La jeune fille savait que le plaisir existe. Elle en connaissait les organes, car on ne vit pas à la campagne sans voir les animaux pratiquer leur accouplement et sans apparenter ce qu'ils font aux réalités de l'amour humain. Elle avait toujours imaginé pourtant que les amants dussent, dans l'intimité d'un lieu clos et confortable, s'aimer d'autre manière, avec langueur et sans fatigue aucune, sans labeur surtout, et sans cette fixité tragique des deux personnages qu'elle venait de surprendre.

Quant à l'acte de la femme, complétant des lèvres une volupté arrêtée à mi-route chez son partenaire, il lui semblait presque naturel. Qui eût suivi dans cette âme jeune et fraîche ces raisonnements, n'aurait pu refuser à Louise de Bescé la logique et la faculté de comprendre tout avec netteté, dans une réalité fort complexe.

En effet, elle n'ignorait pas que l'acte amoureux comporte la pénétration du sexe féminin par la verge mâle. Le plaisir en résulte. Or, il apparaît évident que la bouche peut substituer la gaine d'entre jambes. En ce cas la femme ne doit sans doute rien éprouver et agit avec désintéressement. Il s'agit simplement de réjouir un partenaire. Un pareil scrupule l'étonnait cependant chez des manants, car les paysans n'étaient ni délicats, ni, sans doute, vraiment voluptueux.

Néanmoins, une femme tient toujours à prouver qu'elle surpasse ses consoeurs. Ainsi voit-on couramment des amoureuses, encore chastes de coeur et de corps, se livrer, avec la passion même des plus débauchées, à des actes vils ou douloureux et que seul expliquerait l'amour le plus incandescent. La lutte des sexes doit se lire comme un effort de chacun pour faire croire à l'autre qu'il apporte ce que l'amour peut imaginer de plus parfait. Le mâle, que sa force physique trahit le plus souvent, se voyant incapable d'emplir le vase sans fond de la volupté féminine, a fait défendre le plaisir à la femme par la bienséance, pour le cas où la morale serait insuffisante. Mais la femme cherche justement à donner à son compagnon une qualité de bonheur dépassant celle que lui procurerait toute autre amoureuse. Et c'est pourquoi les pratiques sexuelles les plus anormales sont le fait de celles qui n'aiment point. L'imagination et l'orgueil leur inspirent ce que le désir seul n'inventerait jamais.

Ces idées ne se formulaient pas avec précision dans l'esprit de la jeune Louise de Bescé. Elle les pressentait parce qu'elle savait raisonner.

Soudain Louise, dans la nuit devenue totale, entendit non loin d'elle des paroles légères. Elle s'arrêta. Les chuchotements continuaient. Elle s'approcha doucement de ces bruits, prise par la curiosité.

Entre deux arbres, il y avait un banc de gazon. L'obscurité était trop grande pour qu'on pût voir ce qui s'y accomplissait, mais Louise devina...

Un de ses cousins, vivant au château depuis un mois, devait, à deux pas, accoler une chambrière.

La jeune fille venait de voir par quelles routes une femelle douée d'un tempérament ardent, et sans doute insatisfaite, parvient pourtant à se satisfaire. Les deux paysans de tout à l'heure cessaient donc de lui sembler les victimes d'un hasard lascif. En vérité, la femme avait dû combiner l'affaire avec soin. Sans doute, dans l'intimité du domicile, le mâle aurait-il été plus rétif. Il avait fallu un jeu de circonstances saisissantes, la nuit tombante, la mélancolie du crépuscule et l'excitation des mots, complétées par le geste provocant d'une main lubrique, pour donner à la femme une sorte de droit sur son compagnon.

Toute cette comédie avait peut-être un sens en quelque façon ésotérique, ouvrant sur les perspectives de la psychologie sexuelle des aperçus vastes et puissants.

Louise de Bescé, cependant, écoutait les chuchotements des deux amoureux s'étreignant sur le banc de gazon. Avec une petite voix de tête, la femme disait :
— Non ! Je ne veux pas.
L'homme, le souffle court et la voix déjà rauque, répondait :
— Mais si… mais si…
De quoi s'agissait-il ? Louise allait-elle voir là une nouvelle scène complétant celle de la terrasse ? La voix mâle reprit :
— Tiens… tu vois… ça y est !…
Rien ne répondit qu'une sorte de gémissement.

Il n'y eut plus que des soupirs et des petits cris étouffés, avec un souffle accéléré qui finissait par sembler un râle d'agonie et dont Louise se demandait la raison. Si elle avait eu une lampe électrique, elle en aurait, pour satisfaire sa curiosité aiguë, lancé la lumière sur le groupe qui se tordait, si près, avec des gémissements croissants.

Mais le hasard la servit. L'endroit était en retrait, dans la grande allée menant à la porte centrale et au grand escalier du château. L'automobile du marquis, arrivant par le chemin opposé, celui qui mène à Tours, s'entendait au loin. Elle fut vite là et, d'un coup de volant, s'arrêta de telle sorte que les phares, à travers les arbres, éclairèrent le couple en plaisir.

Certes, les deux amants ne s'y attendaient pas. Aussi, bien que du château personne ne pût les voir, ils furent prodigieusement ahuris. Le bain de lumière les fit se séparer net. Mais Louise eut le temps de les voir une seconde dans l'accouplement qui les faisait délirer de joie interjective. La femme, assise sur l'homme, lui étreignait les hanches de ses jambes nues. Tous deux se faisaient face et échangeaient de brûlants baisers. Lorsqu'ils se disjoignirent, Louise aperçut la virilité de son cousin, effilée et mince, très différente du membre d'âne que portait le campagnard. Cette vision ne dura qu'un éclair, car le couple s'enfuit rapidement à la recherche d'un coin obscur, pour achever en paix sa jouissance.

Ainsi il y avait bien, comme disent les livres, diverses postures capables de donner du plaisir. Celle-ci semblait plus galante et moins animale que la première. Il vint donc à l'esprit de la jeune fille cette idée que la variété des positions devant l'unité de la sensation cherchée dût prouver l'insatisfaction obstinée des amoureux. Et la curiosité lui soufflait déjà le désir de tenter les divers modes de cet acte générateur de volupté.

3
Galanteries

« Bonsoir, Louise ! »

Devant la jeune fille, qui franchissait la porte de la vaste salle des gardes, un jeune homme s'avança, plein d'aise et de dignité. C'était le fils du notaire de la famille de Bescé, le docteur Delaize, ou plutôt de Laize, comme il voulait désormais se nommer.

La salle des gardes avait, durant des siècles, abrité des soudards en uniforme, prêts à la défense du château. Aujourd'hui, le marquis en faisait une sorte d'atrium, où les nombreux visiteurs, gens de Bourse ou de négoce, se rassemblaient et conversaient ensemble, en se promenant sans façons. Trente mètres de longueur, sur vingt de largeur, y permettaient à une véritable foule d'aller et venir, en attendant d'être invitée à monter, par l'escalier de pierre ciselée qui occupait un angle et menait au bureau du maître de la maison.

Il y avait en ce moment, sous quatre lampes à arc placées aux angles de la salle, une dizaine de personnes à attendre. Louise, qui pouvait rentrer par quelque autre des cinq portes de l'immense demeure, aimait à passer par là. Sa jeune vanité était flattée de voir tant d'hommes, et des plus puissants, accourir lui baiser la main. Et puis elle aimait cette manifestation de la force paternelle. Enfin elle avait des amis et des amies parmi les enfants de personnages notoires qui fréquentaient assidûment la salle des gardes. Derrière le château, en ce moment, une dizaine d'autos devaient attendre, comme devant un théâtre, la nuit, à Paris.

Mais le jeune de Laize agaçait la fille du marquis de Bescé. Elle savait ses ambitions et qu'il désirait l'épouser. Un tel mariage ne déplaisait à personne de la maison. Les de Laize se nommaient effectivement ainsi et ils avaient été anoblis en 1570, ce qui est très honorable. Bien des ducs et pairs de la Restauration ne sauraient établir de semblables quartiers. Mais en 1790, Gaston de Laize, maire de Trempe-l'Isle, qui n'était rien moins que courageux, avait spontanément supprimé la particule de son nom pour faire preuve de civisme. Son fils avait acheté une étude de notaire et la charge n'avait plus quitté les aînés du nom. Les de Laize étaient aujourd'hui immensément riches et bien plus dangereux pour le peuple que le marquis de Bescé. En effet dix mille hectares de biens autour de Bescé portaient en première hypothèque la griffe du notaire. Il pouvait, à son gré, étant un chicanous minutieux et habile, faire vendre des centaines de propriétés du jour au lendemain. Car les paysans, négligents et cupides, prenaient pour de la bienveillance de la part du notaire des offres de crédits supplémentaires, lorsque les débiteurs ne remboursaient point aux temps fixés.

Aujourd'hui, des villages entiers eussent donc pu être évacués par la force, si M. de Laize l'avait voulu. Puissant, magnifique manieur de capitaux, il était dévoué aux Bescé parce que ceux-ci le traitaient en égal. Aussi le marquis eût-il aimé que le fils cadet des de Laize, médecin déjà renommé pour des recherches sur les sérums, pût épouser sa fille. Mais elle, sous l'influence maternelle, méprisait d'instinct les gens de loi et leurs descendants.

Le docteur de Laize était toutefois un adversaire digne de Louise. D'une intelligence déliée et experte, voyant bien, voyant large, il inspirait le respect même à ses aînés. Et Dieu sait pourtant si les médecins cultivent naturellement la haine des nouvelles couches médicales !... Mais il avait fallu s'incliner devant les facultés étonnantes de ce jeune homme.

Louise se trouva un peu interloquée devant Jacques de Laize. Habituellement, elle le recevait avec une ironie calculée et mesurée à laquelle il ripostait très bien. Mais en ce moment elle restait encore sous l'impression des spectacles que lui avaient offerts les deux paysans passionnés, puis son cousin et la servante. Tout cela se présenta à son imagination sous forme de scène entre le docteur et elle-même. Cette fois, la réalité s'attestait écœurante. Louise crut sentir une verge d'homme l'assaillir...

Elle ne regarda donc point le médecin en face et il perçut cette fuite d'un regard qui, coutumièrement, ne craignait jamais d'affronter autrui. Il dit :
— Ma chère amie, faites-moi le plaisir d'une promenade à mon bras avant le dîner.
Louise hésita, puis crut qu'il fallait d'autant mieux dissimuler son trouble intime que, peut-être, seule dans sa chambre,

si elle s'y rendait, elle subirait quelque tentation neuve qu'elle voulait éloigner.

— Allons, Jacques ! Je suis ravie de vous voir.

Il ne fut pas dupe, mais se tut. Ils sortirent. La nuit noyait la pelouse démesurée et jetait une ombre plus épaisse sur les massifs d'arbres qui la bordaient. Au bout de l'allée de chênes menant à la terrasse on percevait le croissant lunaire au ras de l'horizon.

— La poésie de ce décor ne vous trouble-t-elle pas, Louise ?

Elle rit :

— Parfois, mais pas ce soir.

Délicatement, il ne questionna point, mais reprit :

— La poésie est une des rares choses qui aident à vivre. Je vous assure que sans elle je ne trouverais pas à l'existence l'attrait nécessaire pour mes travaux.

— Ces travaux ne vous garderont pas toute votre vie, Jacques, et la poésie émousse ses émotions. Comment ferez-vous ?

Il se pencha sur elle :

— J'espère en l'amour.

Elle rit encore :

— Voyons, Jacques, depuis notre enfance que nous nous connaissons, il est convenu que nous ne nous cacherons rien.

— Vous devez voir que je ne vous cache rien, Louise. À la troisième phrase je vous fais une déclaration.

Elle hésita, un peu émue, puis se contraignit à répondre :

— Et vous voulez me faire croire, étant, par métier, obligé à vivre parmi les pires maladies, les mourants et même les cadavres, que vous pouvez songer à la poésie et à l'amour ? Tout cela est pure fantaisie.

Le jeune docteur ne répondit pas à la question, mais après un moment de silence, il reprit :

— Louise… vous souvenez-vous qu'à dix ans je vous nommais cousine ?

— Oui ! Si cela vous est agréable, reprenez ce mot.

Jacques eut, au fond de son cœur de mâle ardent et robuste, le sentiment d'un triomphe. Cette enfant était en ses doigts comme un oiseau.

— Eh bien ! cousine…

Il s'arrêta.

Elle reprit en sourdine :

— Eh bien ?

— Ce mot, Louise, ne me plaît plus, il a perdu son parfum.

Elle eut un rire saccadé.

— Prenez-en un autre.

— Vous me permettez de choisir ?

Comme un soupir, elle chuchota :

— Oui !

Il passa la main sous l'aisselle de la jeune fille et l'étreignit. Elle se sentait vaincue. Un homme fort et décidé, un de ces maîtres comme les sociétés en créent à peine quelques-uns par siècle, la tenait contre son corps. Et la chair féminine s'ouvrait déjà pour l'amour.

— Jacques…

— Louise !

— Comment allez-vous m'appeler ?

— Ma chérie !

Elle eut un léger grelottement des mâchoires, puis épousa de plus près le torse viril.

— Eh bien ! dites…

— Ma chérie, je vous aime, me voulez-vous pour époux ?

Elle se sentit dans les griffes de l'aigle. Alors, au fond de sa pensée défaite, se leva une révolte. Quoi, appartenir comme cela à un homme, sans lutte et sans paraître avoir rien de soi à défendre ?… Sa pensée évoqua la paysanne à genoux, tentant d'obtenir la joie de ce mâle stupide qui se laissait posséder sans plaisir apparent.

— Jacques, vous parliez poésie tout à l'heure…

— Eh bien ! Louise ?

— Et vous constatiez que la poésie de cette nuit magnifique est riche d'émotions. Ne sentez-vous pas qu'elle m'émeut aussi et que je ne puis vous répondre ici ?

La voix du médecin se fit triomphante.

— Si je vous comprends bien, ma chérie, vous me diriez oui en ce moment ?

Elle ne nia point.

— Cela me suffit. Rentrons, Louise, je suis heureux.

Il la sentait peser sur lui. L'âme trouble et agitée, elle le mena vers le banc de gazon où elle avait vu tout à l'heure son cousin posséder une femme de chambre.

— Asseyons-nous une minute !

Un accès de sincérité arracha à Louise une sorte d'aveu :

— J'ai vu tout à l'heure, de la terrasse, deux paysans qui…

Une rougeur lui empourpra le visage… Jacques n'osa questionner et approcha seulement sa bouche de l'oreille féminine, dont il prit le lobe chaud et rond entre ses lèvres.

La douce voix continua :

— Oui ! J'ai vu… Ils ont fait…

La main de Jacques de Laize passa sur la poitrine délicate. Il sentit les seins écartés et encore frêles, dont les mamelons se dressaient. Sans savoir comment, en abandonnant son bras à lui-même, il fut sur le ventre plat, jusqu'au pli des cuisses. Sous la robe, il percevait la chaleur du corps fiévreux. En lui la volonté et la maîtrise des actes disparaissaient lentement, tandis qu'un désir ardent révulsait au fond de son être des fibres douloureuses.

Hésitante, la jeune fille se contraignit cependant à parler.

En elle, l'énergie de la race voulait en ce moment compléter la confession commencée.

— J'ai vu… Il l'a prise debout, comme une bête…

Il ne dit pas un mot, mais sa main levait la jupe. Il fut soudain sur la chair, près du genou. Il connut la fraîcheur de cette peau lisse et ses doigts remontèrent. Mais la jeune fille portait une culotte serrée comme un maillot. Il ne perçut plus que le grain de l'étoffe, mince d'ailleurs comme une peau d'oignon. Elle continuait :

— Et puis, avec sa bouche…

Jacques de Laize n'entendait plus. Il avait glissé la main dans la ceinture de la culotte. Il revint vers le centre vivant du corps dont le voisinage l'éréthisait vertigineusement. Il fut sur le ventre, puis sur la toison fine et rase, puis sur le pli sexuel. Sa main s'arrêta. Tous deux sentirent un grand frisson qui dominait leurs moelles.

Louise, en hypnose, dit une autre fois :

— ... avec sa bouche...

Comme obéissant à un ordre, Jacques de Laize glissa sur les genoux, entre les jambes disjointes de Louise de Bescé. D'une main délicate, il baissa la ceinture de la culotte, souleva le corps léger, pour ramener le vêtement intime jusqu'à mi-cuisses, puis il s'approcha de ce sexe vierge et, soudain, comme un fauve affamé, posa sur la fente, aux lèvres imperceptiblement bombées, un baiser brûlant.

Louise, avec une sorte de sursaut, ouvrit les cuisses et dit encore, comme si cette phrase avait un sens nouveau :

— ... avec sa bouche...

Le médecin, sentant vibrer l'organe du plaisir, l'avait saisi entre ses lèvres. Il perçut nettement le battement du sang dans le frêle clitoris, rigide comme une verge mâle. Les lèvres du sexe s'ouvrirent, pareilles à une bouche. Cette chair était d'une douceur infinie.

Et le plaisir se manifestait par des alternances de rigidité et de relâchement, qui correspondaient au tumulte même de la chair de Jacques de Laize. Soudain, les deux mains de la jeune fille vinrent s'appuyer sur la tête de l'homme, qu'elles pressèrent comme pour faire pénétrer plus avant cette langue et ces lèvres agiles qui la possédaient jusqu'en ses vertèbres.

Jacques se releva. Il sentait, au long de sa cuisse, dégoutter sa propre jouissance et cela ne laissait pas d'être désagréable. Mais Louise, nerveuse et agitée, dit tout bas :

— À moi, maintenant !

— À vous ! Quoi, ma chérie ?

— Je vais vous embrasser… avec ma bouche.

Il eut un haut-le-corps :

— Non, Louise. Plus tard, quand nous serons époux.

— Je veux ! dit-elle orgueilleusement.

— Non, Louise !

Elle dit, la voix sèche :

— Si !

Il se tut, très ferme… La jeune fille comprit alors l'inutilité d'insister. Confusément, elle devina que cet acte passait pour honteux. Elle se releva, hautaine et raidie d'orgueil :

— Jacques, rien n'avilit une Bescé, et quand elle veut, il faut vouloir…

Puis, debout, frémissante de colère :

— Vous ne m'aurez jamais pour femme !

Et, comme une ombre, elle se sauva vers le château.

4
Le don de soi

Ah ! ce dîner ! Louise, vers minuit, en remontant dans sa chambre, les jambes lasses et le cœur gonflé, on ne savait de quel désir ou de quel regret, s'en sentait accablée encore. Il lui avait fallu, l'esprit plein de tant d'impressions neuves, de soucis et d'intentions, tantôt vagues et tantôt précis, garder l'attitude convenable à la fille d'un potentat de la finance recevant des amis et des confrères.

Ç'avait été une vraie torture. Le plus curieux consistait en ceci que Louise avait, ce soir-là, le teint plus animé que de coutume, les yeux plus brillants, le geste aussi plus flou et le sourire moins machinal, sans s'en douter. Et tout le monde s'en apercevait. Aussi, malgré la discrétion normale du milieu et la dignité un peu affectée de la plupart des convives, avait-on couvert la jeune fille de louanges qui la mettaient au supplice. Cela, qui la faisait rougir, ajoutait encore une animation neuve à son teint, de sorte que les regards ne la quittaient pas.

Dévêtue et prête à se coucher, Louise se remémorait les événements de la soirée. Assise sur son lit, une jambe relevée, le genou au menton, cette évocation lui faisait savourer un mélange de gaieté et d'ennui.

D'abord, pendant le dîner, où son visage était le point de mire de dix regards trop attentifs, elle tremblait sans cesse au fond de sa pensée que l'on devinât ses secrets, le spectacle de la soirée et son aventure avec Jacques de Laize. Lui s'efforçait d'ailleurs à l'indifférence. Pourvu que nul ne soupçonnât ce qu'avait de complice cette fausse froideur… On avait parlé d'affaires, et des gens, qui ne tenaient aucun compte, à l'accoutumée, de la fille du marquis, s'étaient avisés de la questionner sur des sujets qui ne l'intéressaient point.

Louise ignorait qu'une jolie femme draine spontanément l'attention des mâles et que toutes ces questions inoffensives, voire absurdes, qu'on lui avait posées, fussent en somme des déclarations d'amour. Mais elle savait quelle gêne cela lui avait procurée ce soir, alors que la veille même elle en eût tiré mille satisfactions d'orgueil.

En quelques heures, aux yeux des gens, elle passait du rang d'adolescente incolore à celui de femme attirante. Et pourquoi donc tous ces gens n'avaient-ils pas soupçonné qu'une jeune fille ne devient femme qu'après certaines révélations ?

À chaque fois que cette idée lui était venue, durant les nombreux services du repas, elle avait senti le sang affluer à ses joues. Son regard questionnait alors sournoisement les voisins, pour quêter la preuve que cet émoi restait invisible… Las ! Partout des yeux fixés étaient appuyés sur Louise de Bescé, qui en souffrait à crier.

Après le dîner on s'était rendu au jardin d'hiver, parmi les plantes exotiques aux parfums délirants et les palmiers qui faisaient penser à quelque oasis… Une oasis fréquentée par des gens qui, en deux heures d'auto, sont à Paris, avenue du

Bois-de-Boulogne, ou à la Bourse, ou chez leur maîtresse, avenue de Villiers ou rue de Courcelles.

Louise espérait s'isoler, pensant que maintenant les hommes parleraient affaires entre eux et les femmes chiffons ou littérature.

Son désir fut déjoué. D'abord, près d'elle et sans la voir, dans un massif curieux, ménagé comme une chambre, la duchesse de Spligarsy était venue s'asseoir. C'était une juive de Chicago, née Séligman, qui avait apporté une dot de trente millions au duc de Spligarsy, gentilhomme international ayant des droits sur le trône de Hongrie et d'autres sur celui de Bohême, mais qui, au demeurant, vivait jusqu'à son mariage gueux comme Job, dans un hôtel meublé de la rue Fontaine. Nul n'ignorait que Julia de Spligarsy fût la maîtresse en titre de César-Zani-Claude-Georges Timo de Bescé, frère aîné de Louise. Depuis le mariage avec Zanipola Dandolo, en effet, les aînés de Bescé, outre le Timoléon abrégé, portaient le nom vénitien de Zani. Au titre de maîtresse d'un aîné chez les Bescé, Julia passait au rang de parente. Avec Louise, elles se nommaient donc ironiquement « belle-sœur ». Or, la juive était venue, se croyant bien seule, dans le massif feuillu, où, invisible, le fauteuil de Louise justement s'insérait.

Soudain, Zani de Bescé vint auprès de sa maîtresse. C'était un grand jeune homme très maigre et très beau, sauf déjà, à vingt-cinq ans, de profondes rides sur un front lourd. Il s'assit près de Julia Spligarsy. Tous deux conversèrent un instant, puis, Louise vit sa « belle-sœur » porter, comme la paysanne de l'après-midi, la main à la partie secrète du corps masculin. Elle l'introduisit dans la braguette et s'immobilisa. On voyait seulement les doigts soulever doucement l'étoffe.

Louise de Bescé regarda ce spectacle, qui complétait mondainement une documentation plus vulgaire. Évidemment, les gestes ici s'attestaient délicats et harmonieux, mais en somme n'était-ce pas la même chose qu'avec les rustauds ?

Eh bien ! non, ce n'était pas la même chose, car la fine main blanche étincelante de brillants ne sortit point l'organe. Elle le mania avec délicatesse sous l'étoffe, puis, à certain moment Zani murmura d'une voix calme :

— Mets ton mouchoir !

Julia de Spligarsy retira sa main et prit un mouchoir de dentelles dans son corsage. Elle l'introduisit dans la culotte et recommença son manège. Une demi-minute après, Louise vit le bras devenir immobile. La femme avait un air attentif et avidement passionné, mais Zani de Bescé ne manifesta pas d'un geste, d'un mot, ou d'une rougeur, qu'il fût le moins du monde ému.

La belle juive retira le mouchoir et le porta à ses narines. Elle le respirait avec une violence ardente. Ses yeux brûlaient de lubricité. Comme, sur l'index, une tache liquide blanchâtre était restée, elle la lécha avec violence, la face empourprée et tendue.

Louise pensa : celle-là aime le plaisir de son amant.

À ce moment, sans un mot, Zani se leva et sortit du massif, l'air aussi froid qu'il y était entré et qu'il y était resté durant que Julia le caressait. Louise, poussée par une curiosité lascive, passa le bras à travers les branches retombantes et toucha sa « belle-sœur » de la main. L'autre écarta les rameaux et vit la curieuse. Sa figure se tendit en un sourire :

— Petite coquine, vous avez vu ?

Louise fit oui de la tête.

— Venez ici. On va parler un peu.

La jeune fille fit le tour du massif et vint s'asseoir où était tout à l'heure son frère.

— Vous finirez mal, dit la princesse. A-t-on idée de venir admirer les amours d'autrui !

— Dites-moi, répartit Louise, j'étais ici avant vous et ignorais que vous dussiez venir.

— Ah ! c'est donc la première fois ?

— Certainement !

— Oh ! alors, ce n'est rien, nous avons fait mieux... *(elle rit de ses dents blanches)* ou pire...

Louise questionna :

— C'est donc si agréable, cette affaire-là ?

La juive rit encore avec un air sournois.

— Cela m'énerve, Louise, mais il y tient.

— J'aurais pourtant cru qu'il y était indifférent et que vous aimiez cela. Sa figure n'a pas changé, mais la vôtre...

— Il sait se dominer, mais il n'aime que cette comédie et telle que vous l'avez vue. Le reste, il l'accepte seulement à l'occasion.

— Il vous aime, Julia ?

Elle haussa les épaules.

— Il aime qu'une femme du monde, aussi puissante que lui et aussi indépendante, fasse des choses de basse prostituée. Cela l'excite.

— Mais, si cela vous énerve vraiment, pourquoi donc y consentez-vous ? Sans passion cela ne rime à rien.

La duchesse regarda Louise avec attention. Elle hésitait à parler. Enfin, elle dit, en haussant les épaules :

— Bah ! Il faudra tout de même que vous finissiez par voir tout ce qui se fait. Je puis bien vous le dire.

— Dites donc, Julia.

— Eh bien ! si je fais ces petites choses à votre frère, malgré qu'elles irritent mes nerfs sans me satisfaire, puisque j'en reste là, c'est d'abord parce qu'il m'a surprise un jour avec Simonin…

— Le garde ?

— Lui-même ! Alors j'ai craint qu'il dise cela à votre père, et je suis allée le trouver. Il m'a mis en main… son… enfin ce que vous m'avez vue lui caresser et, depuis lors, je suis contrainte à ces pratiques. D'ailleurs, elles ne sont pas pénibles et j'en aime certaine conclusion. Il paraît que nulle femme au monde ne le fait si voluptueusement que moi. Mais cela ne me suffit point, je l'avoue.

Louise, ahurie, resta le souffle coupé :

— Mais Simonin, que faisiez-vous avec lui ?

— Ah ! Louise, il va falloir que je vous révèle trop de choses. Enfin, puisque j'ai commencé… Mon Dieu ! que c'est gênant !... Voilà : Simonin est le seul homme qui me fasse réellement jouir...

— Comment cela ?

— C'est ainsi. Il me faut un... une... enfin, il me le faut très gros, parce que...

— Cela n'est pas identique chez tous les hommes ?

— Mais non. Il y en a de gros et de minuscules, de longs et de courts, de droits, de tordus et de cornus.

— Et pourquoi vous faut-il cela très gros ?

— Parce qu'en Amérique, j'ai eu comme amant un Nègre.

— Eh bien ?

— Les Nègres, ma petite Louise, ont... cela gros comme votre bras, et plus...

— Comment, vous, la fille d'un puissant marchand et qui possédiez toutes les joies à vos ordres, avez-vous eu l'idée de recourir à un Nègre ?

— Il me tentait, Louise. C'était un boxeur. Il avait une... verge — disons-le, à la fin, c'est bête de s'arrêter au mot à toutes les phrases —, il l'avait comme une demi-bouteille de champagne. Que voulez-vous, j'étais ardente et vierge, je voulais jouir. Il me semblait qu'un homme, pour être à hauteur de mes désirs, dût être doué d'un sexe étonnant. L'orgueil m'a guidée. Je me croyais la première pucelle qui se fît prendre par un mâle comme cela.

— Et alors...

— Ah ç'a été une comédie. Le Nègre avait peur d'être lynché et il ne voulait pas. J'ai dû lui signer un papier constatant que je m'étais donnée à lui spontanément et que j'avais exigé qu'il me dépucelât. Il a soigneusement plié le papier, et… Ah ! ma chère Louise, j'ai cru mourir. Il m'a littéralement ouverte comme avec un couteau. Puis, le plaisir a fini par venir. Quand j'ai épousé le duc, comme j'étais jalouse de cette magnifique verge et que je ne pouvais amener le Nègre avec moi, je l'ai fait empoisonner. Un médecin lui a enlevé l'organe et l'a traité de sorte que je le possède, tel qu'il me fit, deux ans, jouir comme aucune femme, je crois, n'a joui.

Stupide de cette confidence, Louise restait bouche bée.

— Je vous dévergonde, Louise. Bah ! je sais bien que vous êtes froide et ne ferez jamais une grande amoureuse. Aussi, ce que je vous conte vous mettra peut-être en garde contre certaines audaces, car moi, j'ai un tempérament…

— Mais Simonin ?

— Il a une verge extraordinaire, presque aussi belle que celle du Nègre. Mais il jouit trop vite.

— Que voulez-vous dire, Julia ? Moi, je ne sais rien. Cela m'étonne…

— Tous les hommes, Louise, ne jouissent pas au bout de la même durée de contact. Certains ont le plaisir immédiat. Ce sont des amants exécrables. Nous autres, femmes, il nous faut plus de temps et nous n'avons avec eux aucune satisfaction. Mais un Nègre réclame un quart d'heure de frottement. Alors nous pouvons nous entendre. Simonin ne me donne ce que je lui demande qu'au troisième « set ». Il y en a deux de perdus.

Louise se mit à rire.

— Entendre dire ces choses d'une duchesse de Spligarsy…

— Ma petite, vous en apprendrez d'autres et qui, pour ne

toucher que des comtes et des marquis, n'en sont pas moins raides. Je pourrais vous en dire plus, mais…

— Dites…

— Non ! Louise, je ne veux parler que des seuls faits me concernant. Mais tout le monde ici est passionné et les sexes ne chôment pas.

— Le docteur de Laize, dites, n'a pas de maîtresse dans le château ?

Julia se mit à rire.

— De Laize aura toutes les maîtresses qu'il voudra — je ne vous dis pas plus — parce que c'est un amant dont la bouche connaît des secrets et sait donner aux passionnées de la « caresse » une joie parfaite.

Louise rougit violemment. Pour que la juive ne la regardât point, elle demanda :

— Vous en avez essayé ?

— Mais oui ! Il n'est aucune femme ici qui n'y ait goûté.

Louise pensa que la duchesse voulait désigner ainsi la marquise de Bescé, et le souvenir lui vint brutalement du jour que de Laize était resté bien longtemps avec la douairière dans une grotte, lors d'une excursion en montagne. Mme de Bescé était sortie de là avec des yeux fous et une attitude étrange… Comme tout s'éclaire quand on sait ce que cache le mot amour !…

Tout cela, questions et réponses, repassait dans l'esprit de la jeune fille assise sur son lit. Mais il y avait eu d'un bloc trop de révélations. Sa pensée était noyée là-dedans et tant de mystères un peu vils l'écoeuraient.

Ainsi, Louise de Bescé croyait mépriser l'amour parce qu'il crée une sorte d'universel mensonge pour justifier la jouissance. Un mâle comme de Laize, qui lui avait fait ce soir une déclaration, certainement sincère, pouvait être quand même un coureur de femmes. Il promenait ses paumes et son sexe sur tous les corps possibles… Pouah !…

Au matin, Louise, qui n'avait pas dormi, se leva tôt pour prendre l'air. Elle était en proie à deux tendances contrariées qui la bouleversaient également. D'abord un grand dégoût de l'amour-acte et de ses succédanés, puis un désir qui devenait lancinant. Son pouls battait durement dans son sexe et l'émoi que cela lui procurait, douloureux à la fois et suffocant, délicat et pareil à une caresse, commençait à torturer ce corps juvénile, comme un vin trop fort va faire éclater la bouteille qui le contient.

La jeune fille erra autour de la pelouse. La fraîcheur matinale caressait son front et chassait sa fièvre. Au bout d'un instant, elle songea que, dans sa hâte à sortir, elle n'avait point pris de linge. Elle était nue sous sa robe.

Ce souvenir fit flamber sa chair. L'idée lui vint de prendre un bain froid, pour calmer une fièvre qui la prenait toute et régnait autant sur son cerveau que sur ses organes féminins.

Elle passa près de l'aile gauche du château, où l'on faisait des réparations. Il y avait là un échafaudage. Louise le gravit pour voir ce travail inconnu. À cinq mètres de hauteur, en effet, une salle avait été découverte, voici peu, une salle aménagée dans le mur même. Il y avait dedans des ossements, des livres, des chaînes et, bien entendu, de complexes secrets s'y devaient celer. Le marquis faisait maintenant ouvrir un petit jour sur l'aile et sonder les murs, puisque la trouvaille avait été faite par hasard, en changeant des moellons d'une tour.

Louise entra dans la pièce mystérieuse, laquelle était carrée et hermétique, ou du moins le paraissait. Les ossements se trouvaient rangés dans un coin. Ils avaient dû appartenir à trois êtres. Trois hommes aux crânes massifs. Quel drame lointain s'était déroulé en ce lieu ? Quelle réclusion terminée par la mort ? Quelle condamnation impitoyable et souveraine ? Louise sentit une émotion l'étreindre en voyant six chaînes avec des carcans, que l'on avait soigneusement disposés près des restes humains. Enfin elle se tourna vers l'unique ouvrier qui la regardait avec curiosité.

C'était un jeune homme, très brun de peau, à face olivâtre. Il avait des yeux infiniment tendres et une sorte de supplication en émanait. Louise sentit une mollesse atroce l'envahir. Cet individu, qui ressemblait si peu à ceux qu'elle connaissait, ces ossements, ces chaînes… et les heures de cette nuit sans sommeil… tout l'émut. Elle dit, pour dissimuler son trouble :

— Ce n'est pas gai, votre travail, monsieur ?

L'ouvrier répondit d'un air doux :

— Rien n'est triste de la vie, mademoiselle…

— Tout de même, quelles souffrances ont dû connaître les êtres dont voici les squelettes, avant d'être délivrés par la mort…

— Oui, mademoiselle, d'autant qu'il y en eut un à demi dévoré par les deux autres.

Un frisson secoua la jeune fille.

— Quelle horreur !

Et ce désir, en elle, ce désir grandissant qui l'immobilisait, le dos à la cloison, ce désir fou de se donner à cet homme, de le prendre comme amant, en fille de Bescé qui élève tous ceux qu'elle touche…

Entre ses jambes une brûlure s'épanouissait et elle croyait sentir les chairs se dilater seules pour recevoir…

Elle connut alors cette liquéfaction intime qui présage la volupté.

— Vous êtes souffrante, mademoiselle ? dit l'ouvrier.

De fait, elle devenait blême… blême…

Elle murmura difficilement :

— Non… je voudrais…

— Je vais descendre vous chercher ce qu'il vous faut, mademoiselle… Voulez-vous que j'avertisse ?

— Non, je veux… je veux…

Ah ! ce sexe qui envahit tout en elle ! Louise n'est plus qu'une gaine ouverte, qui attend… qui brûle…

Alors, avec la brutalité d'une fille de grand seigneur, sans honte d'ailleurs, parce que la honte est le fait des gens du commun, elle s'avance vers l'ouvrier, les yeux luisants, puis :

« Je veux… »

Elle se penche devant lui et relève sa jupe, comme elle avait vu faire à la paysanne et… quelques secondes passent, puis elle sent… Une sorte de fer chaud glisse dans un trou étroit que Louise veut désespérément dilater. Cela semble accrocher en elle des chairs qui souffrent.

Il y a un arrêt, puis une sorte de rupture douloureuse et qui ferait crier toute autre qu'elle, mais Louise de Bescé guette la volupté et ne se plaint pas. La souffrance passe à côté de sa conscience tendue. Son sexe s'ouvre éperdument, pendant que s'agite, dans la vulve contractée, une sorte de tige brûlante et gonflée.

La douleur, maintenant, emplit Louise de joie. Elle veut souffrir encore. Cette épreuve est à la hauteur de sa sensualité énorme. Elle se souvient de la juive et de son Nègre à la verge monstrueuse. Elle aussi connaîtra ce plaisir.

Et brusquement, la jouissance monte. C'est une sorte de caresse, non pas dans son sexe, mais au long de ses vertèbres, un frisson qui agite en elle des organes sensibles et charmants. Elle sent cela, et son cerveau s'en emplit d'un coup. Au même moment, elle sent que l'homme auquel elle s'est donnée jouit à son tour. Une sorte de battement touche au fond de sa vulve gonflée des muqueuses érigées et sanguines, puis un filet liquide arrose à petits coups, en son tréfond, un organe ouvert comme une bouche.

Et le mâle, que la joie tient, fait un effort d'instinct pour pénétrer plus profondément en cet anneau charnu qui lui serre la verge comme un étau.

Mais Louise songe que cela c'est la liqueur séminale et qu'elle peut enfanter. C'est une pensée si atroce qu'elle se retire de l'étreinte, folle d'épouvante, baisse sa jupe et s'élance sur l'échelle qui redescend vers la pelouse. Elle n'a même pas regardé son premier amant. Elle fuit, écarlate et, entre ses jambes nues qui tremblent, du sang, maintenant froid, coule lentement.

DEUXIÈME PARTIE
SE VENDRE

5

Paris

Louise de Bescé entendit crier l'arrivée en gare d'Austerlitz. Accoudée à la portière, elle laissait au hasard ses sensations se suivre ou s'agglomérer. Une sorte d'hypnose triste et courageuse possédait son cerveau brumeux.

Le compartiment de première fut vide. Tous les occupants venaient de descendre. Le train se remit en marche vers Orsay.

La jeune fille laissa son regard errer sur les murs de cette espèce de tranchée, parallèle à la Seine, où courait le convoi traîné par une locomotive électrique. Il y eut l'arrêt du pont Saint-Michel, puis on entra dans la vaste gare d'Orsay, blanche et tumultueuse. Louise descendit tranquillement et se dirigea vers la sortie. Elle était au but.

Après s'être donnée au jeune ouvrier qui maçonnait dans la chambre des suppliciés, Louise de Bescé avait connu un sombre désespoir. Son humeur devint capricieuse et fantasque. Elle s'aliéna en peu de temps toutes les amitiés qui l'accompagnaient jusque-là.

Ce qui la torturait surtout, c'était la crainte d'être enceinte des œuvres de cet amant sans gloire. Le souvenir de l'acte où elle s'était offerte comme une fille la brûlait nuit et jour. Elle avait maintenant retrouvé la chasteté et sa froideur d'avant le jour funeste. Mais cette terreur de devoir, bientôt peut-être, déclarer une grossesse à son père ne l'abandonna plus.

Louise maigrit, se fit gracieuse et plus tentante. Ses colères brusques et quotidiennes n'en devinrent pas moins, en peu de jours, le cauchemar de la maison. Le premier, son frère Zani lui dit :

— Louise, tu deviens assommante !

Son père, le lendemain, de sa voix douce et pleine de menaces, prononça ces mots dans lesquels il ne mettait aucune intention fâcheuse, mais qui affolèrent l'adolescente :

— Louise, tu exagères l'importunité. On dirait que tu as envie de te faire mettre au cachot des Ugolins ?

Le rappel de ce lieu où son sexe s'était offert sans pudeur lui fut la plus cinglante des injures. Elle se crut menacée, et son déséquilibre croissant lui enleva tous moyens de distinguer la réalité des chimères.

Rudoyant tout le monde, coléreuse et méchante, elle finit par constater la fuite de toutes les affections.

L'idée d'être enceinte l'obsédait, pour un retard supposé de quarante-huit heures dans ses menstrues.

Alors, affolée, imaginant qu'on l'enfermerait dans le fameux cachot, ou que l'ouvrier allait venir demander sa main, en disant avoir eu ses prémisses ; que tout enfin n'était que pièges et menaces de dures misères, un jour, elle prit dix mille francs dans le bureau de son père et s'en alla à pied, à cinq kilomètres de là, par la forêt, jusqu'en gare de Trempe-l'Isle. Elle était partie à dix heures du soir, sachant qu'un train passait vers minuit pour Paris. À l'heure dite, elle montait dans le compartiment et se laissait mener vers la capitale.

C'était un train omnibus, de sorte qu'elle n'arriva qu'à dix heures du matin en gare d'Orsay. Les jambes lourdes et la tête accablée, elle sortit sur le quai. Sa pâleur faisait retourner les gens. Louise connaissait Paris, sans n'y être d'ailleurs jamais venue seule. Elle voulait maintenant se reposer. Ayant traversé la Seine et passé devant les Tuileries, elle entra dans un hôtel et retint une chambre. Sitôt seule, elle s'étendit, puis s'endormit.

Elle se réveilla à neuf heures du soir, ayant faim. Descendant au bureau de l'hôtel, elle donna un faux nom, paya le loyer pour quinze jours et s'en alla au hasard.

Une pâtisserie se présenta. Elle y dévora des gâteaux, but un verre de Porto et se sentit en meilleur point. Le sentiment de sa solitude, dans cette ville agitée et fébrile, lui était à la fois très doux et pénible. Jamais pourtant la jeune fille n'avait éprouvé un détachement aussi complet de sa propre vie. Il lui semblait que son destin commençât ce jour même. La joie de se savoir libérée de tous devoirs et de tous désirs la transportait.

Elle rentra à minuit, ayant rôdé dans Paris et tenté de comprendre cette ville énorme. Chose curieuse, tout ce qui la troublait à Bescé était disparu de sa pensée. L'absurdité de ses actes précédents, de ses colères vaines et de ses caprices perpétuels, lui apparaissait aujourd'hui, et elle plaignait tous ceux qu'elle avait fait souffrir. Elle sut n'être point enceinte.

Louise ne regrettait pas toutefois ce départ pareil à une

fuite. Au contraire son cœur s'en réjouissait. Quelques heures venaient de lui révéler le summum des joies humaines, à savoir : l'indépendance et la liberté.

Le lendemain et les jours qui suivirent, Louise de Bescé passa son temps à errer dans la ville. Comme tout lui manquait, elle se pourvut peu à peu du nécessaire. L'hôtel choisi, assez louche, lui laissait toutes licences, celles dont elle profitait et d'autres qui étaient à sa disposition. Son bonheur fut sans mélange.

Bientôt familiarisée avec Paris, elle dut songer à travailler. Elle avait acheté sans compter. Elle mangeait en outre dans les restaurants les plus confortables et avait jugé bon de se nantir de malles et de sacs de voyage, choses coûteuses.

Bref, au bout d'un mois, il lui restait trois mille francs. Ce n'était pas encore la misère, mais il fallait commencer à réduire les dépenses. Un autre mois se passa. Malgré son désir de restrictions, Louise de Bescé, qui ignorait le maniement de l'argent et les pièges du négoce de Paris, se découvrit réduite à sept cents francs. Elle lisait les journaux et pensait bien, quoiqu'ils n'en parlassent pas, que des policiers privés fussent sur sa trace. Mais il lui semblait impossible de découvrir quelqu'un, sans indices certains, dans cette ville où des millions d'existences se croisent sans répit.

En errant au hasard, Louise s'était liée peu ou prou avec des adolescentes de son âge, rencontrées dans le métro, en autobus, ou au restaurant. Bien des hommes aussi avaient suivi cette grande jeune fille à la démarche harmonieuse, mais qui ne voulait écouter aucune proposition, même enveloppée, car les mâles lui inspiraient une insurmontable horreur. Une connaissance faite par hasard dans un bar, et qu'elle interrogea sur le moyen de gagner sa vie, lui dit que précisément les nouveaux magasins de la Tour de Nesle cherchaient des employées, vendeuses et comptables.

Louise se rendit à la Tour de Nesle. C'était, avenue des Champs-Élysées, un immense pâté d'immeubles où s'installait un magasin à l'américaine. Louise, qui parlait anglais, fut acceptée immédiatement. Un gros homme glabre, à pied bot, après cinq minutes d'interrogatoire, la délégua à un autre, très haut et squelettique, qui la repassa à un Oriental astucieux et sucré, qui lui-même l'expédia à un Anglais osseux et glacial. Celui-ci la mit devant une machine à écrire et commença, sans attendre, à lui dicter une lettre.

— Je ne sais pas la machine, dit Louise.

— Oh dit l'autre, qu'est-ce que vous venez faire ici ?

— Je me suis présentée et l'on m'a prise, sans doute, pour un autre travail.

— Bon. Alors, je vous renvoie à la vente.

On lui fit parcourir des couloirs infinis. Mais le chef de la parfumerie la refusa avec ces mots :

— Trop gironde ! Elle me fauchera mes flacons.

À la maroquinerie, un vieillard atrabilaire dit méchamment :

— Rien à faire, dans mon rayon, pour les retapeuses.

Les fleurs et les plumes parurent s'en accommoder, mais

après examen, on y décida qu'elle *grillerait* Mlle Poutate, maîtresse du sous-chef, et que cela amènerait la bisbille.

— Alors, si on la mettait aux tissus ? dit un individu à mine
policière, qui l'accompagnait dans ses pérégrinations.

Les tissus examinèrent Louise de Bescé et la refusèrent.

— On voit bien, dit le personnage qui commandait en ce
lieu, que cette môme-là va fiche la chaude-pisse à tous mes
employés.

— Voyons donc la papeterie.

Le chef papetier cria :

— Vous vous foutez de moi ! Je veux des gonzesses laides
et vieilles. Celle-là offrirait mes stylos à tous ses amants. Et
elle en aurait, la petite garce…

— Voyons les corsages ! dit l'inspecteur, découragé.

Aux corsages, après tant d'échecs, ce fut le succès. Un
homme élégant et parfumé, plein de sourires et de ronds de
mains, quand il vit arriver cette recrue, quitta la cliente qu'il
endoctrinait pour sauter au-devant de Louise.

— Vous la voulez, celle-là ? dit le guide d'un air rogue.

— Et comment ! repartit l'autre, en riant de toutes ses
dents. Qu'on m'en donne comme ça tous les jours, et je fais de
ce rayon le plus costaud du magasin.

— Alors ça va ! Voilà le dossier, je vous la laisse.

L'homme toisa Louise avec décision. Il pensait : jeune fille
bien élevée, petite-bourgeoise obligée de gagner son pain. Un
amant, pas plus. Si elle sait vendre, ça sera un as ici ! mais… il
faut passer l'examen.

— Mademoiselle, je suis ravi de vous avoir. On aurait dû

vous envoyer tout de suite à moi, au lieu de vous promener dans ce magasin. Ça a dû vous en dégoûter ?

Louise répondit franchement :

— Si je n'avais pas besoin de manger, certes, j'aurais plaqué tout ça. On m'a déjà attribué tous les vices et toutes les tares.

— Oui ! je les connais : mes confrères sont rien moins que délicats. Mais moi je vous ai découverte, je vous garde. Venez ici !

Il la mena dans une sorte de réduit, placé au centre d'un rayon du magasin, et autour duquel se déroulait la vente des corsages pour dames. Large de deux mètres, ce lieu devait permettre aux policiers de surveiller les acheteuses et les vendeurs. On n'y était point vu, sauf si, par malencontre, l'étalage eût été défait.

— Mademoiselle, c'est ici que je dois voir…

— Quoi donc, monsieur ?

— Presque rien, votre forme pour les corsages, car vous aurez à en essayer des centaines. Excusez-moi, mais je vois que vous êtes bien faite et il s'agit de gabarit de perfection…

Il s'embrouillait sans perdre son aisance. Louise devina un tour plus ou moins lubrique, mais on lui avait souvent dit que la femme qui refuse les attouchements ne saurait gagner sa vie, et elle voulut dominer une instinctive répugnance. Évidemment, en public, ça ne pouvait aller loin.

— Bien, monsieur, que faut-il faire ?

— Quittez votre corsage.

— Mais, monsieur, ma robe est d'un seul tenant.

— Quittez-la.

Il parlait avec sérénité, sans manifester aucun de ces désirs furieux qui se lisent d'instinct dans les regards des mâles et dans la nervosité de leurs mains.

Louise quitta sa robe.

— Mon Dieu, que vous êtes bien faite !

Il passa la main légèrement sur les seins ronds, puis sur la taille, puis sur les hanches. Il descendit jusqu'aux fesses et releva doucement la ceinture du pantalon pour glisser les doigts sur la chair. Louise protesta.

— Mais monsieur…

— Mademoiselle, vous êtes adorable. Ah ! laissez-moi vous toucher un peu…

— Mais non, monsieur ! je ne veux pas que vous me touchiez ; laissez-moi !

— Tais-toi ! tais-toi ! ma chérie… *(Et il l'étreignit violemment.)* Je t'aime !

— Laissez-moi ! laissez-moi !

L'autre, à demi accroupi, avait, d'un geste bref, baissé le pantalon tenu par une ceinture de caoutchouc et il posait ses mains étalées sur les fesses fraîches. Il prit Louise par les hanches.

— Oh ! ma belle, ce que tu es excitante !

À travers les corsages étalés à deux pas, Louise voyait passer les clientes et s'activer les vendeurs. Une honte inconnue lui muselait la bouche.

Ah ! si on les surprenait !…

Stupide de se voir, ainsi dévêtue, tripotée au beau milieu d'une boutique, à deux pas des allants et venants, Louise de Bescé se défendait pourtant de son mieux, avec ses mains agiles. Et une fureur la tenait devant ce chef de rayon salace et jovial. Il lui mit l'index au sexe, en fut chassé, revint, immobilisa enfin les deux bras de l'adolescente, puis, de la main libre, la masturba malgré elle.

— Écoute ! dit-il, je te veux, ne dis pas non, je te veux…

Elle dit tout bas :

— Non ! non !

L'homme la lâcha. Elle était déchevelée, son pantalon lui était tombé sur les talons et sa chemise relevée lui découvrait le ventre. Il la regarda en triomphe.

— Si tu refuses, je crie au voleur et je te fais arrêter…

Il glissa la main au dehors, prit deux corsages et les ramena dans le réduit.

— Tu vois le produit de ton vol ?

Il les froissa et les jeta à terre.

— Je dirai que tu les avais mis sous ta jupe et qu'il m'a fallu te dévêtir pour les avoir. Je ne crains rien, tu pourras dire ce que tu voudras, j'ai la plus jolie femme de Paris. Personne ne croira que j'ai fait du plat à un petit oisillon comme toi. Choisis : ou la prison, ou… ça… Choisis vite. J'ai envie de toi !…

Elle se sentit une forte envie de crier au voleur elle-même, à tous risques. Il la prévint :

— Je compte jusqu'à trois ; à trois, si tu acceptes, mets-toi en posture ; je n'ai pas besoin que tu dises même oui.

Et il tira de son pantalon un petit sexe minuscule, long

et raide, qui aurait prêté à rire à une femme plus avertie que Louise. Un étonnement lui en vint cependant. Cela lui rappelait paradoxalement le Nègre de Julia Seligman, princesse Spligarsy…

— Je dis : un…

L'homme la regardait d'un œil dur.

— Je dis : deux. Je t'avertis, si je te fais emballer, que tu en as pour tes six mois de prison, car je dirai que tu es la voleuse insaisissable que nous poursuivons depuis un an, et qui nous coûte peut-être mille corsages à cent francs. Je dis : trois…

Et l'homme, décidé, sauta vers la sortie du réduit. Il allait faire comme il avait dit. Ce ne devait pas être la première fois. Il se tourna pourtant, prêt à sortir, puis ajouta :

— Et tu seras poursuivie pour vol par salarié, ce qui est plus grave, puisque tu t'es présentée comme employée ici.

Il ouvrit alors l'huis étroit et sa bouche commençait l'appel à un vendeur, afin qu'on courût chercher un inspecteur de la sûreté.

Alors, Louise, la face pourpre et les yeux fous, Louise qui ne connaissait que cette posture-là, se pencha en avant et offrit sa croupe au chef de rayon. Il vit, referma et revint d'un bond ; il était si furieux de cette résistance qu'il ne pouvait pas placer sa verge.

— Aide-moi ! dit-il violemment.

Mais la jeune fille eût mieux aimé mourir que de toucher cet organe. Il parvint à ses fins tout de même. Elle perçut la pénétration du membre minuscule. Cela ne lui fut point douloureux, parce que cette verge dérisoire n'aurait certes rencontré aucun obstacle chez une fillette de cinq ans. L'homme s'agita. Il palpait en même temps les fesses fines à peau douce et glacée.

Enfin il éjacula. Louise sentit un liquide abondant et bouillant qui l'inondait, du périnée jusqu'au coccyx. Elle ne comprit point cette extériorisation. Mais le chef de rayon, revenu à l'amitié, lui disait doucement :

— Tu comprends, je décharge dehors, car je ne veux point te déformer en te faisant un gosse.

Comme elle restait immobile, à peu près inconsciente, il la prit par les épaules.

— Allons, ma chérie, je vois que tu aimes ça. Tu voudrais que je recommence ? Impossible ! Tous les soirs ma femme me taille une plume, pour savoir si j'ai marché dans la journée, et si je te le refaisais, elle verrait ce soir que j'ai du mal à jouir, et alors qu'est-ce que je prendrais...

Elle écoutait sans comprendre, la face vermillonnée d'émotion et quasi reconnaissante envers ce bouc de lui éviter la prison ouverte devant ses pas.

— Rhabille-toi ! dit-il avec douceur.

Machinalement, elle remonta son pantalon et remit sa robe. Sur ses fesses, le liquide maintenant glacial issu de la petite verge lui faisait une impression détestable. Cela coulait comme jadis le sang lorsqu'elle s'était donnée au maçon.

Mais alors cette sensation était issue d'elle-même, aujourd'hui c'était...

Quand elle fut vêtue, l'homme, décidément redevenu correct, lui dit :

— Vous pouvez sortir. Vous serez demain matin ici à sept heures et demie, et je vous dirai le nécessaire pour que vous fassiez une belle guelte.

Il ajouta :

— Je vous enverrai toutes les clientes qui s'adresseront à moi.

Comme Louise allait sortir du réduit, il la retint :

— Tournez à gauche et sortez par la porte qui est en face. Tenez, petite…

Il lui mit dans la main un billet de cinquante francs.

Machinalement, Louise de Bescé le prit et s'en alla.

La haine et l'horreur des hommes se développaient en elle comme un cyclone.

Et sous sa jupe, une chose grasse séchait, en lui collodionnant la peau.

6
Métiers…

Louise de Bescé ne retourna pas aux magasins de la Tour de Nesle. Mais elle ne trouva aucun négoce où l'on consentît à l'employer sans prendre des renseignements. La jeune fille connut donc promptement les conditions de vie faites partout aux vendeuses, comptables et manutentionnaires. Les salaires de famine qu'on allouait à ces malheureuses, choisies avec le même soin que s'il se fût agi d'une épouse de prince, avaient je ne sais quelle apparence ironique. La fille du marquis de Bescé commença seulement à comprendre la société.

Louise fut bientôt sans le sou. Elle défendit ses derniers billets avec âpreté, mais ils fondirent peu à peu. Alors sa lutte fut ardente. Son âme était combative et forte. Intelligente et douée du rare pouvoir de mettre sa volonté en accord avec son esprit, rien ne la décourageait. Elle tenta de travailler dans une entreprise financière. On l'y reçut avec des façons patelines et on la convoqua pour écrire des adresses sur des bandes de prospectus. Après une journée de travail acharné, elle avait gagné quatre francs soixante centimes. En sus, la promiscuité du lieu, l'insolence des gens qui commandaient ce bétail humain, et la misère avachie des ouvrières de cet étrange travail lui apportèrent un dégoût invincible. Le hasard la conduisit ensuite dans une droguerie, pour y faire des emballages de « Pilules Khoku » contre le rhume, la constipation et les varices. C'était le remède à la mode. Une publicité énorme l'imposait à la crédulité des sots. On voyait dans toutes les rues de Paris des affiches géantes, portant la phrase consacrée : *Khoku est bienfaisant, Khoku vous guérira, essayez Khoku.*

Louise de Bescé, qui se faisait appeler Louise Jalaviac, nom de sa mère, empaqueta des pilules Khoku deux jours durant. On la payait dix-huit francs par jour. Le troisième matin, le directeur la fit demander.

On l'introduisit dans un somptueux cabinet tendu de cuir rouge, avec des divans profonds comme des tombeaux. Un homme était là, porteur d'une tête d'hydrocéphale, barbu du front à la mâchoire, mais glabre sous le nez et sous le menton. C'était monsieur Khoku aîné, l'inventeur des pilules, un Russe de Tchita, à masque de Kalmouk, et qui bredouillait en parlant comme s'il eût la bouche pleine de bouillie. Il dit :

— Mademoiselle, vous avez mal emballé mes pilules.

Louise répondit hardiment :

— Vous vous trompez, monsieur, je fais mon travail très consciencieusement.

L'autre reprit, d'une voix plus pâteuse encore :

— Si ! Si… Je vais être obligé de vous mettre à la porte, à moins que…

— À moins que ? demanda naïvement la fille du marquis de Bescé.

— À moins que vous vous excusiez des malfaçons.

— Monsieur, si j'ai mal réussi certains emballages, je vous prie de m'en excuser, et d'être assuré que je m'efforcerai désormais de ne plus le faire.

— Ce n'est pas ce genre d'excuses, dit l'hydrocéphale.

— Lesquelles, monsieur ?

— Voilà ! Mademoiselle, voilà, venez ici…

Louise s'approcha sans penser à mal.

Quand elle fut sur le côté du bureau, l'autre l'appela encore.

— Plus près !

Elle fit un pas de plus.

Alors une main vigoureuse la saisit et l'immobilisa, puis un bras la ceintura et, reculant son fauteuil d'un coup de talon, monsieur Khoku se trouva nanti de la jeune fille, soudain assise sur ses genoux, et qui resta quelques secondes avant de comprendre.

Enfin elle tenta de se dégager. Vain effort ! Ce Tartare était d'une vigueur de taureau. D'une seule prise il immobilisait les deux poignets de sa partenaire et, de l'autre main, fouillait sous la jupe.

— Laissez-moi, monsieur, ou je vais crier !

— Crie, petite !… On a l'habitude, ici, de me laisser libre de tout faire, tant que moi-même je ne sonne pas. Je suis le maître.

Il avait la main sur le bas-ventre de la jeune fille. Il dit :

— C'est joli ! tu n'as presque pas de poils. Je raffole de ça.

Elle s'efforçait de limiter l'emprise du gros homme, sentant bien la vanité de pousser des cris et des appels auxquels nul ne répondrait. Mais comment échapper à ces mains de gorille, se libérer, et enfin sauter à la porte pour s'enfuir ?…

Brusquement l'homme la courba en avant et, d'un geste preste, releva la robe jusqu'aux seins. Il encapuchonna la tête de Louise, qui se trouva les mains tenues et le haut du corps comme dans un sac. L'autre dit alors, d'un air satisfait :

— Je suis un vieux lutteur ; j'ai de l'expérience. Une femme entrée ici n'en sort qu'après m'avoir satisfait. Tu feras de même. Il vaut toujours mieux y consentir de bon gré…

Durant ce discours, elle sentait une main habile abaisser sa culotte et relever sa chemise, puis elle perçut que, des hanches aux genoux, son corps était à la disposition du personnage. En se débattant encore, quoique faiblement, elle attendait une sensation aiguë et douloureuse, ou pénible, ou répugnante. Rien ne vint. D'un mouvement rapide, sa robe lui fut seulement enlevée. Sa stupeur était si grande qu'en un tournemain elle se trouva dépouillée de tout son linge et resta absolument nue devant le marchand de pilules goguenard.

Il plaça les vêtements de la jeune fille sous son bureau, puis demanda :

— Voulez-vous, mademoiselle, faire ce que je désire maintenant, sinon, j'appelle et un de mes domestiques russes va venir vous chercher. Il vous emportera dans un cachot où vous réfléchirez ainsi jusqu'à ce que vous acceptiez d'accomplir mes ordres.

Louise dit, d'une voix coléreuse :

— Que voulez-vous ?

— Je veux que vous vous placiez sur ce petit fauteuil-là.

Rétive, mais se sentant prise et dominée, elle s'assit sans

mot dire.

— Bien, ça ! Je vous vois docile. Vous serez récompensée. Bon ! Approchez-vous ! Je vous veux très près de moi, dit-il en ricanant. Là ! entre mes jambes !

Elle y vint sans comprendre ce que lui voulait cet homme, dans une posture où précisément son sexe était protégé.

— C'est très bien. Êtes-vous à l'aise ? Vous devez me comprendre, maintenant ?

Elle était assise à le toucher, plus basse que lui et craignit qu'on ne lui demandât de faire sexe avec sa bouche. Mais ce ne fut point cela. Monsieur Khoku tira de son pantalon une verge cordée de veines bleues et circoncise. Le bout en était d'un rouge sombre et le gland comme laqué. Pour la première fois, la jeune fille vit de près cet objet, dont elle avait subi deux étranges contacts, mais sans examen préalable…

— Tenez, petite, placez cela entre vos deux seins. Là ! pesez sur eux de l'extérieur, de façon à ménager le passage, et maintenant, vous allez me faire jouir. Vous ne connaissiez pas cela ?

— Non ! dit-elle avec un demi-sourire, tant cet acte lui semblait comique, compliqué et incapable de procurer aucune satisfaction.

Elle ne savait pas faire le mouvement lent qui aggrave les contacts de la verge mâle, près du frein qui sert de base au gland. Mais l'homme l'aida ; il était d'une bonne humeur charmante et bientôt tout s'accomplit selon ses vœux.

Au dixième passage des seins au ras du filet de ce sexe turgide, visiblement parvenu au maximum d'excitation, l'homme se renversa dans son fauteuil avec un grondement. Il avait la bouche tordue, ses mains s'ouvraient, puis se refermaient convulsivement.

— Continue ! dit-il, avec une sorte d'aboiement.

Au sommet du sexe, sortant du méat dilaté, une goutte blanche parut. Elle coula lentement au long du membre, mais une autre plus grosse jaillit, puis une troisième, qui sauta sur le menton de Louise, puis cinq ou six, pressées, jaillissant comme sous l'effort de l'organe qu'une détente agitait. Une goutte de ce sperme vint s'écraser sur la lèvre de la jeune fille, qui perçut une odeur forte, marine et amère. Enfin les dernières, sans force, coulèrent en un flot lent et lacté, autour de la verge, jusqu'aux seins de Louise, qui sentit le contact de ce liquide et retira ses mains. L'homme, toujours affaissé, respirait lourdement. Il murmura :

— Branle-moi !...

Elle ne comprenait pas, il redit :

— Comme ça, branle-moi vite !

Elle prit la verge de sa main fine et devina qu'il s'agissait de l'acte qu'accomplissait debout la paysanne, sous la terrasse du château de Bescé. Cela ne lui sembla point du tout avilissant. En somme, où elle en était venue, peu importait une complaisance de plus.

Elle passa la main au long de cette forme charnue, curieuse et redevenue raide. Le sperme qui venait de couler donnait une douceur parfaite au toucher. Sa main vint au sommet de la verge, près de l'orifice violacé, puis descendit précautionneusement jusqu'au ventre. Au bord du gland, la rigole arrêta son geste. Louise comprit que là se tenait le lieu de l'excitation virile. Elle revint sur la même place. Un frisson agita l'homme. Elle repassa, s'efforçant de prolonger et d'irriter la sensation. Se tendant soudain comme un arc, la virilité lui échappa et un liquide incolore en jaillit.

La jeune fille devinait maintenant la jouissance des hommes. D'un seul doigt, elle attoucha au-dessous du méat, puis frotta légèrement. C'était bien le lieu d'élection. Une sorte de détente galvanique secoua monsieur Khoku, qui dit d'une voix morte :

« Oui !... oui !... »

Louise recommença, puis, du pouce, tourna autour du gland, dans la rainure qui était d'une peau plus rose et unie, avec des taches claires.

Elle faisait cela avec une telle attention et un tel désir de s'instruire, sa face était si près du membre, que le jaillissement du sperme la surprit. Au lieu d'être un lent écoulement, comme tout à l'heure, ce fut l'éruption d'un geyser. À intervalles pressés, la liqueur se répandit, sautant haut. D'abord le jet frappa Louise en plein visage. La jeune fille recula et vit alors les gouttes décrire une volute en l'air. Elle tenait toujours ses doigts en contact avec l'organe.

Soudain, dans un désir confus de vengeance, elle revint à l'homme avachi et tenta de nouveau d'en extraire du plaisir.

La curieuse sentait bien qu'à la fin ce serait lui qui capitulerait. Mais le membre se dégonflait lentement, malgré ses efforts. Louise en suivait l'évolution avec curiosité. Alors, pour rendre le contact plus agaçant, elle y mit les deux mains, et ironiquement, voulut constater les limites de son pouvoir.

La verge grossit de nouveau. Louise avait compris que les points délicats de cet organe sont autour du gland et au-dessous du rebord qui le limite. Son jeu tournait avec précision et minutie sur ce petit segment de peau, certain désormais de l'action provoquée par la caresse dans l'économie de ce corps bandé et dévoré par le plaisir.

Louise comprenait maintenant la paysanne acharnée à faire jouir son compagnon, et Julia masturbant son amant dans la serre de Bescé. Elle aussi voulait extirper de cet être vaincu le délire qui signe la défaite des hommes. Énervée et attentive, une idée lui vint : peut-être fallait-il chatouiller les testicules ? Ses doigts fins s'y activèrent, malgré la répugnance que lui apportait cette peau ridée et velue. Un gémissement secoua soudain l'homme, en un sursaut brusque. Pourtant rien ne jaillit encore. Louise, qui s'acharnait à vaincre, se pencha enfin.

Elle se souvenait de la première leçon donnée par les rustres de Bescé. De la langue, elle frotta alors doucement le devant de la verge, là où le prépuce dessine, chez les mâles non circoncis, une sorte de coeur. En même temps, ses doigts légers palpaient doucement les bourses et le pouce passait sur le devant du membre.

« Ah ! » fit le patient, avec un grincement de dents.

Louise vit de nouveau le tremblement de la forme roide et les soubresauts qui accompagnaient tout à l'heure le giclement du sperme, mais le méat largement ouvert restait sec cette fois. Les convulsions s'accentuèrent pourtant et la verge lui échappa. Elle décrivit une sorte de geste en l'air, puis un jet de sang, fin comme une aiguille, gicla, fut coupé, reprit et s'arrêta encore. Horrifiée, Louise se leva. Monsieur Khoku eut deux ou trois détentes, puis ses jambes s'allongèrent, en même temps que son visage prenait la couleur d'une cire rancie. Ses bras tombèrent mollement… Il était mort.

Louise de Bescé venait de tuer le premier homme auquel elle offrait le plaisir de sang-froid. De la verge soudain amollie et qui tombait comme un chiffon, le sang continuait cependant de couler…

***

Louise était sortie de chez monsieur Khoku sans se faire remarquer. Vivement habillée, elle avait pris la porte en hâte. Personne d'ailleurs ne s'inquiéta d'elle. Une fois dans Paris, elle compta sa bourse. Il lui restait trente francs. Avant trois jours, il lui fallait trouver à s'employer ailleurs.

Déjà cette aventure amoureuse et tragique lui semblait vieille. Au fond de son esprit subsistait seulement la satis-faction d'une vengeance certaine. Ce marchand de pilules réclamait des sensations. Subjuguée, elle lui avait fait cadeau de la mort par-dessus le marché…

Elle entra peu après dans un petit journal financier, où l'on demandait des employées. On la conduisit chez le chef de service. C'était, au cinquième étage de la rue de Châteaudun, une série de bureaux minuscules et crasseux. Elle attendit un moment, puis fut introduite près d'un jeune homme, qui, sitôt son entrée, alla fermer la porte au verrou.

Que voulait-il, celui-là ?

Il demanda :

— Mademoiselle, vous savez ce que je demande ?

— Non, monsieur ! Je sais qu'il s'agit d'employées qui aient un peu d'instruction et qui sachent écrire. Je possède peut-être ces vertus, mais je ne sais pas taper à la machine.

Le jeune homme la regarda attentivement, comme pour savoir s'il pouvait dire certaines choses, puis il se décida :

— Ce n'est pas tout, mademoiselle, il me faut ces qualités, mais il m'en faut d'autres.

— Lesquelles, monsieur ? Je crains alors de ne pouvoir.

— Si ! Si ! Vous pourrez ; vous avez au moins la moitié des choses que je veux, à savoir la beauté et la grâce. Mais…

— Que vous faut-il encore ?

Il articula tout à trac :

— De la complaisance…

— Laquelle ?

— Je vais vous le montrer, tenez…

Il se leva, vint à Louise, se pencha, puis déposa un baiser sur les lèvres rouges.

— Jusqu'ici monsieur, c'est encore supportable, mais je pense que vous vous en tenez à ces marques d'amitié ?

— Mais non, mademoiselle ! Il faut encore que...

Il s'interrompit.

— Faites-moi voir vos mollets.

— C'est facile, monsieur, voilà !

Elle voulait connaître jusqu'où irait cette aventure, et espérait en rester maîtresse, car ce jeune homme n'avait rien de tragique, ni de menaçant.

— Vos cuisses ?

— Voilà encore ! Mais vite elle laissa retomber sa jupe, après l'avoir haut levée.

— Vos fesses ?

— Ah ! cela, c'est trop. Non, monsieur !

Le jeune homme, sans façons, repartit tranquillement :

— Ce n'est rien, mademoiselle, et en voilà la preuve :

Et il baissa froidement son pantalon, montrant à Louise de Bescé ses fesses maigres.

Elle se mit à rire :

— Vous vous oubliez, monsieur ! Que signifie ce spectacle ?

L'homme, sans se retourner, dit d'une voix fluette :

— Voulez-vous me prendre ?

— Mais, monsieur, je ne vois pas...

— Si ! Si !

Il alla au bureau, tout entravé par ses culottes tombantes, ouvrit un tiroir et en retira une verge d'homme merveilleusement imitée.

— Tenez, mademoiselle, prenez-moi avec cela…

Elle resta tout à fait éberluée, avec cet organe de caoutchouc dans la main. L'homme s'était remis en posture.

— Prenez-moi, mademoiselle, vite !… vite !…

Louise n'aurait voulu, pour une fortune, se trouver ailleurs. Elle se plaça derrière le jeune homme et tenta d'introduire le phallus de fantaisie dans l'anus qui lui était offert.

— Plus fort ! se plaignit l'autre.

Brutale, elle inséra l'objet et se mit à le remuer frénétiquement. Alors, elle vit que dans tous leurs vices les hommes se ressemblaient. Le râle de volupté déjà entendu chez tous se manifesta, et la virilité du personnage, jusque-là molle et pendante, s'affermit violemment. Il dit :

— Relevez votre jupe, maintenant !

— Mais non ! repartit Louise, je ne veux pas de votre mécanique…

— Je n'espère pas vous l'introduire non plus, ne craignez rien.

Il s'étendit sur le dos, au milieu de la pièce.

— Relevez votre jupe, baissez votre pantalon. Bon ! Accroupissez-vous, que j'aie la bouche en contact.

Elle le fit, dans une curiosité toujours renaissante.

L'homme se mit à se masturber seul. Sa bouche cherchait seulement l'anus de Louise pour se poser dessus ardemment.

Il éjacula enfin, puis resta comme foudroyé à terre. Louise s'assit pour attendre qu'il revînt de cette pâmoison. Quand il reprit connaissance, son premier mot fut :

— Je vous garde. On le fera tous les jours, dites ?

Elle se mit à rire.

— Cela vous est agréable, vrai ?

Sombre, il répondit :

— Plus que ma vie.

7

Le Rubicon

Ainsi donc, en tous les métiers de Paris, en toutes les activités ouvertes à qui désire gagner son pain, partout… partout une femme devait d'abord être dévouée aux vices ou aux désirs de ceux qui utilisaient son activité. Louise de Bescé entra dans vingt maisons et tenta autant de labeurs. Jamais elle ne trouva un lieu où l'on crût que cette femme jolie, fraîche et douce pût désirer vivre chastement.

Elle trouva des maisons dont la direction était féminine. Là naquirent spontanément autour d'elle des saphismes exaspérés. Elle crut avoir découvert la terre promise chez de vieilles filles dévotes et, sans doute, qui se fussent voulues pures. Hélas ! Leur érotisme était plus violent encore. Et même trouva-t-elle, la pauvre enfant, les exigences les plus étonnantes chez une marchande de fonds de commerce, spirite et théosophe, qui avait comme passion de donner la fessée à celles qu'elle employait. Mais fallait-il toutefois que cette correction eût un tour érotique. La scène était donc à demi publique, c'est-à-dire que la victime devait se placer à une fenêtre et regarder la rue avec une indifférence affectée, durant que, sur la croupe offerte, à l'intérieur de l'appartement, la vieille femme se livrait à ses ébats, armée d'une sorte de balai fort piquant et capable de déchirer les épidermes les plus coriaces.

Louise trouva un pharmacien qui ne voulait rien moins

que se faire enfoncer périodiquement des épingles dans l'arrière-train. Ce n'eût encore rien été, sans l'obligation de la réciproque…

Elle connut une modiste qui se voulait homme, de ce chef que la nature lui avait offert, en guise de clitoris, une excroissance longue comme le doigt et, ma foi, rigide à souhait, lorsque le désir la possédait. Avec cet instrument, la modiste violait donc ses ouvrières, mais non pas dans la voie naturelle. Il lui fallait opérer par l'anus, l'emploi dudit canal étant seul capable de donner à l'opératrice les satisfactions d'un homme.

Dans une maison de couture, Louise trouva un autre usage : le directeur voulait que ses employées lui donnassent le spectacle d'une fricarelle soigneuse et acharnée. Et il ne fallait pas que les adolescentes vinssent tenter de simuler le plaisir pour plaire au sultan du lieu. Il tenait à ce qu'elles éprouvassent de la jouissance et il goûtait la crème, son palais exercé lui permettant, en effet, de reconnaître avec certitude la femme productrice du suc qui témoigne de la joie, et la simple simulatrice qu'il chassait.

Un pâtissier utilisa Louise comme vendeuse tout un aprèsmidi. À six heures il la fit venir en son officine et prétendit la sodomiser parmi les pâtisseries que le four attendait et devant le baquet aux crèmes fouettées.

Chez un bijoutier, il fallait faire l'amour avec une autre enfant et le commerçant. Celui-ci opérait avec chacune à son tour, mais la chômeuse ne devait pas rester inoccupée durant que sa consœur travaillait à satisfaire cet homme ardent. Elle avait comme fonction de chatouiller d'un doigt agile les fesses et les bourses de l'homme, que ces jeux délectaient entre tous.

Un homme de lettres eut besoin d'une secrétaire. Louise s'y rendit, mais il fallait qu'elle se fasse lesbianiser par un chien spécialement doué et habile, lequel pouvait, plus généreux que l'homme, lécher une vulve trente-cinq minutes durant, sans aucune fatigue.

Une femme de lettres, en quête également d'une secrétaire, demanda à Louise quelque chose de plus compliqué. Il lui fallait caresser d'une bouche galante l'intimité sexuelle de cet écrivain, tandis que l'amant en titre, sur le postérieur tendu de la lécheuse, savourait les joies de Sodome. Chez cette femme de lettres, ce qu'on nommait l'amant de Madame, c'était l'homme qui sodomisait les infortunées secrétaires.

Une femme peintre et, ma foi, prix de Rome, avait également besoin d'une employée dont la fonction n'était pas très définie. Mais ce qu'on réclamait de plus certain, c'était le pouvoir de faire jouir deux hommes en même temps, par la vulve et l'anus, tandis que la bouche se serait occupée du sexe de la peintresse. Les deux hommes étaient le mari de cette étoile des Beaux-Arts et le giton de celui-ci.

Vraiment, il eût fallu des gages impériaux pour accepter une besogne aussi exténuante. Pourtant il y avait des postulantes par douzaines. On citait même une jeune fille du meilleur monde qui s'était jetée à la Seine, de désespoir de se voir ainsi chassée des trois chemins menant au paradis.

Ainsi, à mesure que Louise de Bescé pénétrait dans la société parisienne, elle constatait que la lubricité primait tout. Le monde entier mettait le sexe en idole et la femme n'avait d'autre loi que le désir.

La prostituée en perdait cette espèce d'auréole que la célèbre Aspasie jeta sur son métier durant deux mille cinq cents ans. Il n'y avait plus de prostitution, en ce sens que les femmes les plus honnêtes d'apparence étalaient des vices extraordinaires et prétendaient trouver le plaisir dans des accouplements de rêve, à deux ou à cinq, usant de tous orifices du corps de préférence au sexe, et accompagnant ces pratiques de divertissements accessoires parfois redoutables, cruels ou burlesques.

Louise de Bescé constata des choses incroyables. Les mâles se transmettaient le nom d'une femme douée de quelque talent rare, soit qu'elle sût, par des mouvements intelligemment gradués, secouer plus finement les moelles de ses amants, soit que son sexe ou son anus possédât des qualités estimables, étroitesse invincible et forme épousant bien les verges, soit enfin qu'elle trouvât les points délicats des lèvres où le contact de la bouche et du membre viril conduit la jouissance à son sommet. Lorsque cet oiseau rare était découvert, on se succédait dans son antichambre. Il faut vraiment dire ici que l'on faisait queue.

La femme ainsi experte s'enrichissait donc en un tourne-main. Si la chance voulait que ses pratiques fissent mourir un ou deux de ses patients, alors des hommes, enfiévrés par l'espoir de cette mort magnifique, venaient lui offrir leur main et des fortunes. L'on pouvait citer d'ailleurs des duchesses et des princesses, des femmes de lords anglais et de grands ducs, des reines de la haute société, qui avaient conquis cette situation prépondérante, en prêtant fesses ou bouche à des pratiques dont les connaisseurs se remémoraient longtemps le souvenir en salivant de plaisir.

Louise finit par ne plus voir, dans la société, que des muqueuses excitées. Lorsqu'elle suivait une rue, elle devinait derrière tous ces murs et dans toutes ces chambres des amants en contact. Et sur vingt voitures fermées qui passaient, la plupart ayant chastement baissé à demi les rideaux, il y en avait dix où des amoureux se montraient la bonne façon de jouir en public. Le bois de Boulogne, le soir, était le repaire de centaines de couples, assoiffés de luxure, qui couraient comme des chiens en rut après des vulves ou des virilités.

Ce cauchemar finit par convaincre la jeune Louise qu'un seul métier était honnête et loyal : la prostitution.

Elle pensa : que je travaille ici ou là, chez des hommes ou chez des femmes, chez des vieillards ou chez des infirmes, puisqu'il faut partout offrir son bas-ventre ou son arrière-train à des contacts et à des pénétrations gratuits, le mieux n'est-il pas de faire profession de ces contacts ?

Elle avait d'ailleurs, depuis cinq mois, connu une misère croissante. Toute idée morale l'avait abandonnée. Il lui avait fallu, à mainte reprise, comme à la Tour de Nesle, comme chez Khoku, subir, pour emporter le prix de son labeur, des jeux irritants et qui jamais ne lui avaient fait le moindre plaisir. Eh bien ! au lieu de craindre ces choses, elle en ferait métier.

Elle décida cela un matin. La veille avait été un jour exécrable. On était en automne, une mélancolie pesait sur Paris et des cohortes d'étrangers arrêtaient toutes les femmes dans les rues, pour leur proposer généralement des pratiques contre nature. Louise avait toujours refusé, mais la faim décide à bien des actes, et elle avait faim. Retourner à Bescé était devenu impossible : autant réveiller un mort. Elle ne reverrait le château de Bescé que si la richesse lui revenait un jour.

Hélas ! quel moyen de supposer que fortune et puissance pussent jamais venir à cette jeune fille triste et malheureuse ? Depuis des jours elle mangeait mal, dormait mal, et la résistance aux passions dont le feu l'entourait sans cesse avait fini par l'épuiser. Un matin la décision fut prise : Je vais me vendre.

Louise habitait alors un hôtel borgne, avenue de Clichy. Elle avait vendu presque tous les objets acquis jadis, lorsqu'elle croyait ses dix mille francs inépuisables. Mais il lui restait une valise de cuir qui la faisait encore respecter, et deux toilettes élégantes, avec les éléments d'une tenue propre à tenter les hommes. Elle s'habilla donc au mieux et sortit. Depuis cinq jours elle n'avait fait que trois repas. Depuis dix jours, elle n'avait pas trouvé même une heure de travail, pour le plus minime salaire.

La jeune affamée descendit l'avenue de Clichy, puis s'engagea sur le boulevard des Batignolles. Elle pensait gagner la rue de Rome ou même le boulevard Malesherbes, et redescendre par ces voies vers le centre. Son regard s'appuyait sur les mâles avec insolence, mais cette grande jeune fille maigre, aux yeux ardents, à la face dure et énergique, tout en faisant envie à tous, était trop différente de la prostituée pour qu'on la suivît.

Tout de même, un vieil homme commença de rôder autour d'elle. Il était digne et correct. Sous des sourcils lourds et gris, son oeil avait une inquiétante fixité. Il finit par suivre Louise de près, puis brutalement vint à sa hauteur et lui dit :

« Venez-vous ? »

Elle regarda ce « client », et d'un geste de la tête fit oui. En même temps une rougeur, dont, après sept mois de cette vie parisienne, elle se croyait bien devenue incapable, colora son visage. Il se mit à marcher à son côté, la dévisageant âprement, puis reprit :

— Prenons par ici. Mon appartement est au second, dans la rue, là-bas.

Une rue, puis une autre, et Louise, par un couloir somptueux, entra dans un ascenseur, poussée par son guide, et, cinq minutes plus tard, se trouva dans un vaste salon, encombré de tableaux. L'homme dit :

— Déshabille-toi.

Durement, elle répliqua :

— Donne-moi mon cadeau.

Il eut un sursaut à ce mot, puis tira son portefeuille.

— Tiens, voilà cent francs. Tu en auras autant après.

Louise haussa les épaules, plaça le billet dans son bas et commença à se dévêtir. L'homme la regardait avec curiosité. Sans dire un mot, quand elle eut fini, elle se tourna vers le vieillard. Nue, sauf ses bas, très droite, les talons joints, la débutante fit alors un signe qui pouvait vouloir dire : à vos ordres. L'homme affirma narquoisement :

— Tu as des façons militaires.

Elle ricana :

— Je croyais avoir au contraire des façons très civiles.

Il vint regarder le joli corps nu.

— Tu ne fais pas cela depuis longtemps ?

— C'est le premier jour. Tu es mon premier client.

— Pourquoi ?

— Qui me fera manger ?

— Mais...

— Tais-toi, dit-elle. Je ne suis pas venue chercher de la morale. En ce cas, ce serait toi le fournisseur et j'aurais à te payer ; je suis venue te faire jouir. Comment le veux-tu ?

Il demanda :

— Combien de fois as-tu été déjà aimée ?

— Dix.

— C'est tout ?

— C'est peut-être neuf fois de trop.

— As-tu un amant de cœur ?

— Ni de cœur, ni d'ailleurs.

— C'est bien. Tiens !

Il tendit un autre billet de cent francs.

— Habille-toi et va-t’en. Tu me glaces. Tu ne réussiras pas dans ce métier. Il faut de la douceur et du mensonge, des caresses et des mamours…

Elle reprit son linge, puis sa robe, et répondit enfin :

— Quand j’ai voulu travailler, on ne m’a pas demandé si je pouvais le faire bien, mais seulement si je voulais ouvrir les cuisses. J’ai donc décidé de vivre de mes cuisses ouvertes.

— Va-t’en, reprit l’homme. J’aime les femmes, mais si je te vois encore dix minutes, je deviendrai chaste. Tiens, prends encore !

Et il lui tendit un autre billet.

Louise partit. Un orgueil la possédait. Ainsi, depuis six mois elle cherchait inutilement du travail. Or, l’argent venait à elle aujourd’hui, après tant de vains efforts, de ce seul chef qu’elle renonçait enfin à tout labeur, à toute vergogne et à toute pudeur. Quelle leçon ! Ses pas méditatifs la conduisirent vers la place Clichy. Un jeune homme très élégant l’accosta soudain :

— Mademoiselle, voulez-vous que je vous accompagne ?

Louise répondit froidement, se sentant assurée du lendemain :

— C’est cent francs !

Il les tira de sa poche avec un air amusé.

— Voilà ! Mais je vous garde jusqu’à six heures ce soir.

— Oui, si c’est pour me promener, mais pour l’intimité ce sera deux cents de plus.

— Ça va ! Toutefois à ce prix je fais de vous ce que je veux ?

— Non, c'est l'intimité. Je me déshabille et vous me regardez comme la Vénus de Milo.

— Mais alors, pour toucher ?

— Dix louis de plus.

— Et si je veux que vous me le rendiez ?

— Dix louis encore.

— On peut prendre un abonnement pour la semaine ?

— Bien entendu, mais payable d'avance. C'est quinze cents francs.

— Je m'abonne. Vous êtes une femme comme je n'en ai jamais rencontré. Vous m'avez épaté, et je vous prie de croire que je n'ai pas l'épatement facile.

Le vieillard de tout à l'heure passa et frôla le couple. Il jeta à Louise un regard féroce. Le jeune homme salua.

— Quel est ce birbe ? demanda la jeune fille.

— Lui, c'est Altmyz, ministre des Arts et Manufactures et vice-président de la Banque du Centre.

Louise de Bescé eut un geste brusque, et son oeil jeta une lueur. Son compagnon la questionna en riant :

— Vous le connaissez ?

— Il vient de me faire des propositions, mais nous en sommes restés là.

— Ah ! Je suis son cousin ; vous me connaissez peut-être aussi : Léon de Silhaque ?

— L'aviateur ?

— Lui-même.

— Alors, dit tranquillement Louise, ce sera plus cher :

l'abonnement est porté à deux mille.

Il répondit, la regardant fixement, car il ne pouvait croire qu'elle soit sérieuse :

— Vous savez que j'ai des passions ?

— Je les prends aux conditions dites.

— Vous ne désirez pas savoir lesquelles ?

— Aucune ne me fera reculer.

— Vous me taillez une plume, trois fois par jour, dans l'endroit que je choisis : par exemple dans une cabine téléphonique, au bain, en fiacre.

Elle dit tranquillement :

— Dans la rue…

— Non, mais enfin dans le lieu qui est le plus commode au moment où l'envie m'en prend.

Elle calcula doucement :

— Cela fait vingt et une plumes à tailler et les met à cinquante francs pièce, plus une gratuite. C'est avantageux pour vous.

Ahuri, il la dévisagea, ne sachant s'il devait rire ou se fâcher. Elle continua :

— Vous devez être juif. Vous avez l'habitude de ces marchés malins. Vous deviendrez très riche…

Il éclata.

— Non, mais vous avez fini de vous payer ma tête ?

— Je suis parfaitement sérieuse. De notre temps, avec le prix de la vie, et la hausse de toutes les denrées, cinquante francs la taille de plume, c'est pour rien. Et je vous avertis que ce sera la première fois que je le ferai. Des prémisses…

Un honnête homme annulerait le contrat pour ne pas sembler voler le vendeur. Mais vous êtes inexorable.

Il dit :

— Attendez, ma petite. Je vais vous prendre au mot. Voilà un instant que je vous ai accostée et que vous me charriez. Eh bien ! je vais vous mettre devant vos acceptations. C'est entendu, n'est-ce pas ? Vous me taillez une plume tout de suite ?

Elle approuva froidement.

— Je taille !

— Bon ! Si vous vous en acquittez comme dit, vous palperez les deux mille de l'abonnement, sitôt l'affaire faite. Sinon…

Il fit signe à un taxi fermé.

— Montez ! C'est toujours dit ?

— Ah ! vous devenez barbe, dit impatiemment Louise de Bescé. Quand j'ai dit « oui » c'est toujours « oui ».

Ils montèrent dans la voiture et l'homme, amusé, ordonna : « Au Bois ! » Ensuite, sitôt installé dans le capitonnage, il reprit :

— Je vous attends !

Elle s'agenouilla devant lui, puis sèchement :

— Les deux mille francs sur la banquette, derrière moi, que je puisse les prendre quand vous m'aurez expédié votre offrande.

Il posa l'argent à côté. Il restait éberlué et doutait que cette femme étonnante fît vraiment ce dont elle parlait avec tant d'ironie hautaine. Louise murmura cependant :

— Maintenant, sortez vous-même votre objet. Je n'aime pas et ne sais guère mettre ça en vedette. Je ne suis pas comme une amie qui fait jouir son amant sans sortir la chose du pantalon.

Il dit :

— La princesse de Spligarsy agit ainsi avec son amant, Zani de Bescé, le financier.

Elle oublia où elle était :

— Tiens, vous le savez ?

Il la regarda avec stupeur.

— Quoi ? quoi ? Vous connaissez ces gens-là. Mais qui êtes-vous ?

Louise haussa les épaules :

— Je suis une femme qui gagne deux mille francs. Mettez votre bibelot dehors. J'aurais peur de le casser en le retirant moi-même.

Il voulut l'arrêter et la relever :

— Allons, cessons ce jeu, vous êtes une...

— Je ne suis rien. Ah ! puisque vous ne voulez pas ériger cela, je me risque.

Elle introduisit la main dans la braguette et retira le sexe.

Comme, presque honteux, il voulait maintenant lui défendre cet acte, qui faisait honte aussi au docteur de Laize, elle écarta les mains de l'homme avec impatience :

— Mais laissez-moi donc gagner mon argent !

Elle plaça doucement la verge dans sa bouche puis, cherchant les points sensibles, observés lors de son aventure avec Khoku, elle les frotta de la langue et des dents.

Ce fut immédiat ; au premier contact sur ces centres de

jouissance, le sperme jaillit. Cinq secondes s'étaient écoulées depuis l'introduction du membre entre ces belles lèvres gonflées et pourpres. Louise, attentive aux soubresauts de la verge chaude, lisse et bavante, recueillit le liquide dans sa bouche et se releva seulement lorsque ce fut fini. Elle ne savait si le savoir-vivre de cet acte réclamait qu'elle avalât tout. Une femme de bonne éducation ne crache pas. La bouche close, cependant, elle goûtait la saveur curieuse, fade, albumineuse et phosphoreuse, du produit qui perpétue la vie. Elle se tourna enfin et prit les deux mille francs sur la banquette, puis tira de son sac à main un mouchoir de dentelle et, délicatement, sans répugnance, y déposa tout.

Elle dit à l'homme médusé :

— Décidément, mon cher, je n'y perds pas. C'est avec vous si facile ! Ça vient comme la lumière avec un commutateur.

Il l'étreignit passionnément :

— J'ai joui comme si je vous donnais ma vie. Mais j'ai honte.

— Et de quoi, bel amoureux sentimental ?

— De vous avoir fait accomplir... cela. Vous vous mo-quiez, j'ai pensé vous humilier, mais vous avez paru un de ces empereurs qui dans les églises d'Orient lavaient jadis une fois par an les pieds des malades. Vous m'avez prouvé que le plus grand orgueil consiste à aller au-delà de l'abaissement possible. Le vôtre est immense. Il le faut pour...

— Tailler une plume...

— Ah ! ne dites pas ces mots, j'en pleurerais.

— Mais de quoi vous souciez-vous, mon cher ? C'est joli,

un sexe d'homme ; on peut regarder le vôtre de près. Il a de la grâce. De plus, la peau en est douce aux lèvres et le spasme que l'on tient entre les dents donne un singulier sentiment de puissance. C'est l'âme même de l'homme… et du monde, cela dont je suis maîtresse souveraine, d'un attouchement de la langue, et que, d'un coup de dents, je pourrais trancher net. Quant au sperme, je vous assure que c'est plaisant à la bouche. Je conçois qu'il y ait des femmes pour ne pratiquer que cet acte-là et en jouir elles-mêmes. Certes, ce n'est pas mauvais, il s'en faut.

Il répéta, abasourdi :

— Ce n'est pas mauvais ?

— Non ! Je ne sais si j'ai perdu toute sensibilité ou si une délicatesse neuve m'est plutôt venue, mais je vous assure que cette chose — et j'ai d'abord consenti à la faire pour l'argent — m'a été presque agréable avec vous. Et puis vous avez eu un air si vaincu, votre jouissance a été si rapide que…

Il chuchota :

— Tu vas me rendre fou. Je… je voudrais… Oh ! je n'ose le dire…

Elle rit, narquoise :

— Que je recommence…

— Oui ! je n'ai pas eu le temps de prendre conscience de mon plaisir, mais tu n'auras encore qu'à me toucher, je vais jouir tout de suite, et alors, viens m'embrasser aussitôt, que je goûte moi aussi.

Et il rougit violemment.

Elle se pencha ; la verge était là, encore rigide. Doucement elle lécha l'extrémité durant un instant, puis fit le geste d'avaler tout. Le sperme gicla. Louise recueillit cette liqueur étrange, puis se relevant, elle s'approcha des lèvres du jeune homme. Il était évanoui.

8

La volupté

Louise de Bescé avait trouvé, dans le jeune homme à la « taille de plume », l'amant rêvé, riche, de bonne éducation et amoureux, qui assurerait son avenir.

Mais le destin voulait que la jeune fille fût rejetée encore une fois dans la misère. Elle était depuis quatre jours avec lui et il n'avait fait que lui acheter quelques bijoux, robes et vêtements intimes, quand, en descendant de son auto sur le boulevard Haussmann, un soir, il mit un pied dans un trou de pavage, tomba, et roula si malheureusement sous les bandages d'un autobus qu'il fut tué net.

Louise n'était pas avec lui ce soir-là. Elle apprit le lendemain par les journaux ce malheur qui la rejetait dans la prostitution. Elle resta presque un mois sans retourner à la rue quêter le mâle en désir.

Il lui fallut pourtant s'y décider lorsque sa fortune fut réduite à cinq cents francs.

Elle retourna sur le boulevard des Batignolles. Cette fois personne ne l'accosta. Elle descendit alors, par la rue de Rome, vers la gare Saint-Lazare et parvenait au croisement de la rue de la Pépinière quand une main lui frappa sur l'épaule.

Elle se retourna, croyant sentir un ennemi et prête à faire front. Mais c'était tout bonnement un pauvre homme à chaussures éculées, et qui semblait quelque rond-de-cuir misérable.

— Que voulez-vous, monsieur ?

— Mademoiselle, je vous demande pardon, je me suis trompé. Je vous prenais pour une connaissance, une petite amie.

Il la regardait avec des yeux peut-être naïfs.

— Alors monsieur, excusez-moi de ne pas être votre petite amie.

L'homme hésita, puis, se décidant :

— Vous pourriez être une nouvelle petite amie...

— Vraiment ! Il me semble que je risquerais de troubler l'équilibre de votre budget. Je suis une amie coûteuse...

Le pauvre homme eut l'air apitoyé :

— Mon Dieu, si un billet de mille francs est par trop au-dessous de votre désir, je le regrette, mais, si nous nous entendions, je pourrais vous en donner d'autres.

Louise de Bescé se mit à rire.

— Et me voilà bientôt complice... ou inculpée avec vous !

Car il lui semblait, si cet homme avait de l'argent, qu'il devait l'avoir certes volé à un patron trop bénévole.

Mais lui, sans paraître vexé :

— Mademoiselle, pour vous apprendre à ne point juger les gens sur la mine, sachez que je suis le baron de Blottsberg.

Louise n'aimait pas qu'on lui fît la leçon et repartit du tac au tac :

— La Banque du Centre vous a bien eu tout de même, dans le boom sur les Platines du Puy-de-Dôme...

L'autre tiqua :

— Oh ! Oh ! je me suis trompé. Vous connaissez cette histoire ? C'est extraordinaire !

— Oui ! et celles de la compagnie Hogskief.

— Bah ! Vous êtes dans les secrets des dieux, je vois. Mais j'ai eu Bescé à mon tour avec la Hogskief. Il a dû finir par se débarrasser à perte de son paquet de titres. Heureusement que je suis outillé contre cet homme par la fille de Séligman, qui sait tout du dadais de fils.

Le baron de Blottsberg parlait très à l'aise, comme dans son bureau. Il ne voyait aucun inconvénient de dire à une petite femme sans intérêt un secret délicat des affaires. Il ne pouvait pas digérer d'ailleurs les Platines du Puy-de-Dôme, où le groupe Bescé, sachant Blottsberg à la baisse, avait fait grimper les titres à cinq mille.

Blottsberg avait dû battre en retraite, laissant douze millions dans le coup. Aussi sa rancune le poussait-elle à se vanter de sa revanche et il révélait par orgueil le mystère qui lui permettait d'avoir désormais les Bescé. Julia Séligman, princesse Spligarsy, était une espionne au service du banquier juif.

Louise sentit le sang des Bescé irriguer son cerveau ; l'orgueil héréditaire la dressa hautainement. Elle dit :

— Ah oui, l'espionnage ! Ce sont des armes dont on n'use pas dans ma famille…

— Dans votre famille ? dit en ouvrant de grands yeux le financier ahuri.

Comme Louise le dévisageait avec un rire de mépris, il redevint soudain cauteleux et inquiet, l'oeil faux et la lippe tombante.

— Voulez-vous tout de même m'accompagner ?

Il avait deviné que ce fût là cette fille du marquis de Bescé, dont la fuite avait jadis défrayé secrètement la chronique. Il désira aussitôt se venger moralement pour l'affaire qui lui avait coûté douze millions. Louise le comprit. Elle parut rêver un instant, puis, avec un sourire aigu, accepta. L'idée d'une vengeance naissait de même en sa pensée.

Le banquier fit un geste en l'air, et, obéissant comme un chien fidèle, le chauffeur d'une vaste limousine vint s'arrêter aussitôt au ras du trottoir, où les deux interlocuteurs avaient échangé leurs aménités. Blottsberg ouvrit la portière. Louise monta. Il la suivit et l'auto démarra.

Tous deux se regardèrent avec ces yeux volontairement illisibles des gens prêts à entamer une lutte. Le financier calculait tous les actes possibles et leurs incidences.

— Mademoiselle, dit-il enfin, c'est un grand honneur pour cette voiture que de recevoir la fille de mon ennemi.

Brutale, elle riposta :

— Il n'y a ici ni amis ni ennemis, mais un homme qui a envie d'une femme. Nos relations ont commencé avec ce désir. Elles sont étrangères à tout ce qui n'est pas ce désir. C'est donc de lui qu'il faut parler.

Étonné, le juif glissa un coup d'oeil sournois sous ses paupières lourdes. Ce n'était pas là une façon de converser d'amour. Il était décontenancé, car toute sincérité fruste le gênait. Il dit encore :

— Pourtant, je vous assure…

— Pas de pourtant, s'il vous plaît, reprit-elle avec insolence. Et pour pallier ce que cet ordre avait d'excessif, elle troussa sa jupe et, se tournant, fit saillir sa croupe nue.

— Ceci, compléta-t-elle en se rasseyant, n'est-il pas plus intéressant que la Bourse ?

Il voulut plaisanter :

— Cela concerne précisément les bourses, murmura-t-il avec un air finaud.

Louise avait obtenu que changeât le sujet de la conversation. Cela suffisait. Elle baissa sa robe et allongea ses jambes sur un strapontin, puis prit un air languide pour dire :

— Mon Dieu, que vous avez d'esprit !

Il tendit la main vers les jarrets luisants sous la soie et releva la jupe un peu plus haut.

— Vous avez des cuisses adorables.

Elle répliqua, le regard en coin :

— Et plus riches de félicités que vos coffres ne le sont d'or.

— Peut-on essayer de faire marcher l'usine à bonheur ? continua-t-il avec une expression ardente.

— Sans doute ! sourit-elle.

Louise le laissa remonter la jupe jusqu'au ventre. Là il passa la main sur la toison souple et frisée, imperceptiblement astrakane, et, comme le regard féminin ne quittait pas le visage de l'homme, elle devina au battement des maxillaires, à la lourdeur de la bouche, au filet de salive qui coula au coin de la lèvre, enfin au tremblement des doigts, que l'excitation était venue.

Elle ignorait quel vice avait le banquier, mais elle était d'avance affermie dans cette idée que la sodomie devait être refusée à n'importe quel prix. Toutefois, une femme intelligente doit trouver ailleurs en son corps, si elle tient à la virginité de son anus, des plaisirs de remplacement capables de satisfaire l'amateur le plus exigeant. Le banquier murmura :

— Mon Dieu, que vous avez l'air glacé !

Elle étendit la main négligemment jusqu'à la braguette de ce galant cacochyme et y glissa ses doigts.

— Diable, monsieur, vous portez là plusieurs sexes ?

De fait, elle avait rencontré une masse énorme, plus puissante encore que la demi-bouteille à champagne nègre chère à la princesse Spligarsy. Il fut gêné :

— Oui, certainement, mais vous ne serez pas condamnée à absorber tout.

— Ni même la moitié ? répartit-elle en éclatant de rire. Faites voir ?

Il hésita, tant les façons ironiques de la jeune fille le déconcertaient, puis il exhiba le plus monstrueux phallus qu'ait jamais porté un être humain. C'était un pieu de longueur normale, mais de diamètre colossal. Et au lieu de se présenter avec élégance, avec la forme cylindrique qui sied à cet objet, cela faisait comme un paquet de verrues géantes, liées par la torsion de veines et de tuméfactions bizarres, violettes, rouges et bleues. Rien ne disait que ce fût là une verge d'homme. On eût bien plutôt cru un moignon de cuisse.

Blottsberg regarda sa compagne avec hésitation. Il avait

honte de sa virilité et paraissait demander pardon.

Elle devina qu'il fallait éviter de se moquer du pauvre homme, traînant une salacité israélique avec un priape de cette forme : choses qui devaient mal se marier.

Tous deux se dévisagèrent un instant. Ému que la jeune fille n'éclatât point de ce rire qui tue la volupté et ne le couvrît de moquerie, le banquier murmura :

— Aimer tant les femmes et ne pouvoir leur faire partager mon désir !

Louise prit l'air innocent :

— Pourquoi cela ?

Reprenant courage, il dit tristement :

— Je n'ai encore trouvé que quatre femmes ayant pu supporter l'introduction de mon sexe. Et j'aurais tant aimé…

— J'avoue, dit Louise avec franchise, que ce doit être une opération difficile, de jouer avec ce monstre. Une fois bien placé, ajouta-t-elle encore poliment, c'est peut-être un magnifique instrument de jouissance, mais…

Il hocha la tête :

— J'ai pu faire quatre enfants à ma femme, mais elle est morte parce que je l'ai trop fatiguée. J'avais tort. Toutefois, où trouver une maîtresse ? Ensuite j'eus une négresse que cela ne gênait pas, mais elle avait trop de vices et je ne pouvais passer sur eux pour le seul plaisir de sa dimension vaginale. Alors je trouvai une femme très jolie qui avait été déflorée à cinq ans par son propre père. Elle me reçut très bien. Toutefois elle était bête et me refusait les petits attouchements qui sont mes principaux excitants. J'ai encore pu posséder Julia Spligarsy, mais elle me rend des services autres et je ne pouvais la garder près de moi. Voyez si je suis malheureux !

Louise éprouvait une grande envie de rire. Elle conclut :

— Si vous voulez tenter avec moi le chevillage de cette poutre, je dois vous dire que je renonce et déclare forfait.

Il eut l'air navré.

— Pourtant, en prenant bien des précautions…

— Rien à faire. Je préférerais un âne.

— Enfin, dites, reprit Blottberg. Je ne voudrais pas vous quitter. Je vous aime déjà. Vous êtes charmante. Consentez-vous à venir chez moi ou plutôt dans un domicile que j'ai réservé à mes galanteries ? Voilà ce que je vous propose : vous vous mettrez sur un lit nue et je vous embrasserai là.

Il désignait le bas-ventre.

— Pendant ce temps, une autre femme habituée à cela me fera jouir comme je lui ai appris.

Curieuse, Louise demanda :

— Quel est ce procédé ?

— On me frotte le bout de la verge avec un morceau de velours et on me pince les bourses humectées d'alcool. Cet alcool fait comme une brûlure et me procure une joie infinie.

Comme Louise ne désapprouvait pas, il ajouta :

— J'ai encore inventé une autre méthode. Je me fais encapuchonner le gland avec de l'ouate thermogène. Cela dégage vite une sensation de chaleur insupportable. Alors on passe les lèvres sur les parties irritées. Cette sensation est exquise. C'est un mélange de glace et de torréfaction qui me vide les moelles.

La jeune fille demanda avec tranquillité :

— Cela doit vous coûter très cher, des plaisirs de ce genre ?

— Oh ! oui ! pleura-t-il. D'autant qu'on me fait chanter après. Ah ! je suis bien malheureux !

Louise regarda le gros homme dépenaillé, huit cents fois millionnaire, et qui pleurnichait en exposant ses misères sexuelles. Son énorme verge, que l'excitation ne tenait plus, s'affaissait sur son pantalon, mais sans cesser d'être rébarbative. Comme il fallait maintenant parler d'argent, la jeune fille pensa qu'il était utile, en ce moment, de remettre son partenaire… en forme. Elle allongea une dextre élégante vers le membre colossal et le titilla du pouce, puis de l'index. Elle savait où gisent les points nerveux. Son office fut suivi d'une splendide conséquence. Blottsberg, la verge levée d'un coup, étendit ses bras de chaque côté de la voiture comme s'il voulait éteindre une forme proportionnée à son phallus, puis il se débonda… Le sperme jaillit en abondance.

— Diable, dit Louise, vous êtes sensible !

— C'est vous qui m'excitez, dit piteusement le banquier.

Elle rit.

— Ne riez pas de moi, reprit l'homme, d'un air affligé.

— Je ne me moque point, mais vous me faites là une déclaration plaisante.

Il dit encore :

— Laissez-moi vous faire ce que l'on nomme minette. Là ! placez-vous bien, les jambes allongées. Levez votre jupe. Malgré mon âge, je vais pourtant jouir encore tout de suite.

— J'y consens, dit-elle.

Il se plaça entre les cuisses de Louise, lui saisit les fesses, les souleva juste assez pour bien mettre en vedette la fente féminine et colla dessus ses lèvres ardentes. Elle laissa faire, regrettant de n'avoir pas demandé auparavant les conditions financières de cette entreprise amoureuse. Elle regardait aussi la tête crépue du banquier penchée sur son ventre et elle avait envie de s'esclaffer. Mais soudain…

Ah ! soudain, comme si on avait touché en elle un ressort secret, elle sentit un frisson inconnu naître et s'étendre. Cela l'envahissait toute et se traînait avec une douceur exquise au long de ses nerfs irrités. Ce fut bientôt délicieux, puis mieux encore, et enfin elle se sentit amenée lentement au paroxysme de la joie. La langue enfoncée dans son sexe, les lèvres caressant le clitoris érigé et les doigts maniant avec délicatesse les fesses et l'anus, Blottsberg faisait jouir Louise de Bescé et ce fut pour elle la vraie révélation de la volupté. Avec un cri de délices elle se renversa, les bras battants, sur les coussins. Elle offrait, les jambes écartées, tout son être à l'enivrant contact. Ah ! immobiliser cette minute délirante… Elle cria :

« Ah ! Ah ! je jouis !… »

Pendant ce temps, au fond de la voiture, le sperme, tombant de l'énorme sexe du banquier, faisait une petite mare crémeuse…

***

Louise de Bescé devint la maîtresse de Blottsberg. Avec une aide convenable et dont les actrices changeaient selon l'humeur des deux personnages, elle procura au juif les plaisirs qu'il aimait tant. Son rôle était d'ailleurs si facile qu'il pouvait être compare à une sinécure.

Elle se laissait lesbianiser par l'homme au priape monstrueux et, pendant ce temps, une autre femme faisait au mieux afin que l'éjaculation se produisît.

Cela finit par s'arranger excellemment. Blottsberg se montrait très généreux et Louise connaissait un type d'existence assez original. Maîtresse d'un notable, cela ne va pas sans donner un certain lustre à une femme. D'autre part, elle avait toujours eu une répugnance, non pas pudique, ce qui est toujours un peu stupide, mais seulement méprisante, pour le bas-ventre des mâles. La pudeur seule inspire ces horreurs de commande qu'on décrit dans les livres, et une indignation vertueuse que les personnages romanesques, s'ils existaient, eussent changée aussitôt en satyriasis ou en nymphomanie. Louise ignorait cette vergogne burlesque qui ressort de la religion et jette une sorte de ténèbre épouvantée sur les choses du sexe. C'est pourquoi elle pouvait, n'étant pas tenue d'en faire la cuisine, trouver de la curiosité à ces jeux organiques dont le phallus est le centre.

Elle ne se dégoûtait pas plus évidemment d'embrasser une verge propre qu'elle ne répugnait à embrasser quelqu'un sur la bouche.

La peau humaine, disait-elle, est partout la même. Le sperme ne lui semblait même pas extrêmement différent de la salive, du sang ou des autres produits physiologiques qu'on entoure pourtant d'un moindre discrédit. Seul, le point de vue de dignité personnelle lui rendait déplaisants les contacts que leur seule posture rend fâcheux, lorsqu'ils sont consentis sans affection, ou même sans utilité et sans amusement. Accomplis pour vivre ou pour plaire, ou même pour se venger, c'était bon.

Songeant à Khoku, elle gardait donc quelque orgueil d'avoir pu mettre la bouche là où il fallait pour tuer dans la jouissance cette brute abjecte. Avec son jeune ami, que l'auto écrasait peu de jours après, elle avait consenti à le faire jouir avec sa bouche parce que c'était son début dans la recherche sexuelle du pain, et que sa force d'âme l'amenait alors au sacrifice le plus complet. Il lui plaisait, par énergie et orgueil, de se prouver qu'elle allait, dès l'entrée en ce métier, aux tréfonds de ses exigences, mais son ennui ne comportait aucun point de vue moral.

L'humiliation de la femme qui fait jouir un homme en lui suçant la verge ne l'atteignait pas. Au contraire, cet acte la rehaussait à ses propres yeux. Elle établissait de ce seul chef qu'une fille de Bescé ne se sent diminuée par rien. Pourtant, elle n'eût jamais voulu faire cela à Blottsberg.

Louise ne perdait donc rien de ses certitudes intimes. La vie la reforgeait sans aliéner son sentiment d'être une sorte de personnalité dominante. Elle pensait, malgré les responsabilités physiques qu'il comporte, pouvoir mener le métier de prostituée à une aristocratie. Avec une âme ainsi façonnée, elle ne se sentait pas du tout diminuée par l'affection de Blottsberg. D'ailleurs elle n'avait qu'à se laisser posséder par la bouche avide du banquier et c'était encore une domination plutôt qu'une défaite. Mais mieux, cela lui procurait maintenant un plaisir ineffable.

Elle en venait à désirer cette pratique que son protecteur ne lui allouait qu'à de longs intervalles, car sa jouissance, à lui, devenait tous les jours plus laborieuse.

Le banquier offrit à Louise des bijoux et des toilettes admirables. Elle fut bientôt renommée à Paris pour sa froideur compassée et mystérieuse, ses airs hautains et son extravagance supposée. Elle sortait peu. Sa vie se passait en lectures nonchalantes et en amusements lascifs avec les femmes qu'elle tentait de donner en suppléance lesbienne à Blottsberg. Mais nulle ne savait agir sur ses nerfs comme le vieux poussah.

Il possédait une sorte d'intelligence sexuelle. Il jouait sur les muqueuses de Louise comme un violoniste sur ses cordes.

Les jours passèrent, une année entière, puis une autre. Paris, qui ne connaissait guère que de renommée la maîtresse du banquier, la surnommait : « la Chatte ». On lui attribuait la plupart des plaisanteries raides qui courent toujours les salles de rédaction des journaux mondains ou galants. Les caricaturistes la représentaient souvent et soulignaient de légendes lubriques les attitudes de « la Chatte ». Mais tout cela se faisait discrètement et sans méchanceté, car Blottsberg était puissant.

Un jour, le banquier se pâma si bien, après un divertissement auquel trois femmes participaient avec Louise, qu'il mourut. Il avait prétendu posséder par l'anus une jolie fille qui devait recevoir mille francs pour cette séance. Malgré l'énormité de la verge, elle avait supporté l'assaut sans faiblir. Ayant vécu dans le ruisseau, pauvre et habituée à coucher dehors, elle tenait mille francs pour le prix de plusieurs vies humaines. Aussi, avec une volonté d'acier, elle accepta enfin tout le paquet de Blottsberg. Elle pleura, mais ne plia pas. Une fois le membre introduit, Louise subirait les caresses coutumières, ce qui ne laissait pas de faire un ensemble compliqué, car, en même temps, deux fillettes devaient, l'une, chatouiller et lécher les bourses du financier, l'autre, offrir ses fesses aux mains de l'homme, que le pelotage de ces rotondités excitait beaucoup.

Tout s'organisa enfin. Les cinq personnages se divertissaient donc doucement et, malgré la douleur qu'apportait en son arrière-train ce membre massif, qui lui faisait éclater le sphincter, la femme possédée se livrait à des mouvements propices. La verge de Blottsberg allait et venait, parmi des délices que le banquier n'avait jamais connues jusque-là. Louise le sentait palpiter si fort qu'il en perdait son habileté lesbienne, quand elle le vit soudain osciller et s'affaisser sur sa cuisse. Il était claqué de jouissance.

***

Un mois après, la fille du marquis de Bescé, ayant loué un appartement, se trouva chez elle. Biottsberg lui avait laissé quatre-vingt mille francs. Elle pouvait vivre seule, mais le plaisir de Lesbos lui manqua. Elle se mit donc en quête de jouissances et décida également de chercher un autre amant.

La passion la conduisit alors dans les restaurants de nuit, dont elle devint une sorte d'étoile. Elle vit à ce moment qu'il ne dépendait que d'elle de s'enrichir puissamment et voulut y parvenir.

Une nuit, elle avait su donner du plaisir — et avec quelle richesse d'inventions lubriques — au baron Marxweiller, de Vienne. C'était un débauché qu'éveillaient seuls des procédés extravagants. Pour récompenser cette femme qui créait de la volupté comme un poète, il lui avait signé un chèque de vingt mille francs.

Elle sortait donc de l'établissement où s'était passée l'aventure salace et financière. C'était Phallos, le célèbre restaurant de nuit russe, où l'on trouve couramment à sodomiser des ducs et à posséder des duchesses.

La nuit était douce et belle. Louise avait le coeur calme et les sens apaisés. Mais, en franchissant la porte, ne vint-elle pas buter sur l'homme qu'elle redoutait entre tous de voir : le docteur de Laize, son ex-fiancé.

Lui, d'ailleurs, la guettait…

TROISIÈME PARTIE
AIMER

9
La hantise

Le docteur de Laize se leva irrité. D'un geste du poing, il ferma le gros volume ouvert sur son large bureau de chêne clair. La face dure, il regarda vers la fenêtre, d'où tombait un jour métallisé, puis, d'un pas pesant, il se mit à marcher de long en large dans le vaste cabinet.

La pièce s'étalait, longue, chaude et parfumée. On se devinait chez un médecin pour femmes. Deux bibliothèques faisaient face à la baie, et des nus de l'École moderne, peints lourdement, décoraient, au-dessus des livres, les murs ripolinés en blanc et gris, à raies verticales. Des deux grands côtés, l'un était occupé au centre par le traditionnel fauteuil à renversement ; quatre vitrines l'encadraient, où tous les outils délicats de la chirurgie intime exposaient leurs aciers polis. Le bureau régnait en face, près du jour ; deux sièges de cuir profonds et souples, avec un guéridon en vernis Martin, donnaient un air familier à ce panneau. Une magnifique tapisserie ancienne l'ornait, où Pomone et Flore faisaient des grâces parmi des chevaliers en heaume, portés par des destriers massifs aux pattes prétentieuses.

Indifférent à ce décor fantaisiste et ironique, où l'art et la douleur se complétaient de façon si peu attendue, le docteur de Laize, le sourcil bas, allait et venait comme un fauve.

C'était un homme puissant et beau. Son masque, efféminé

dans l'adolescence, avait pris aujourd'hui la puissance césarienne. L'œil était dur et aigu. La bouche sinuait, avec une tendance au rictus de mépris. Il portait droit sa tête hautaine, brune et oblongue. Le corps, que la graisse guettait, avait encore la plénitude athlétique : taille mince et cambrée, thorax épanoui, limité par des épaules rondes, jouant bien sous le vêtement du grand faiseur. Il fascinait les femmes, et le nombre de bonnes fortunes qu'on prêtait au docteur de Laize dépassait celles que s'attribue le roi des séducteurs : Casanova.

Le médecin allait cependant à la fenêtre. Il regarda le dehors. La large avenue y offrait des arbres cachectiques et une chaussée polie par les pneus d'autos. Une buée se levait aux lointains. Cela sentait le crépuscule automnal. En face, une fenêtre s'alluma, et cette lueur dorée attira le regard du médecin ; comme hypnotisé, il resta deux minutes à fixer cette tache claire, puis il se remit à marcher.

Le docteur de Laize était amoureux.

Trois années auparavant, il avait cru épouser une compagne d'enfance : la fille du marquis de Bescé. M de Laize, son père, notaire de la famille Timo de Bescé d'Yr, était en effet un familier du château où vivait le marquis, grand financier et directeur de la Banque du Centre. Quinze années durant, on avait donc admis que Louise de Bescé dût épouser Jacques de Laize. Et puis, quelques jours après une scène, qui, pensait le médecin, établissait précisément son droit de fiancé, lorsqu'il avait pu poser enfin ses lèvres sur la chair intime de la charmante Louise, et lui déceler le plaisir, elle avait quitté sa famille en secret et nul n'avait pu savoir sa destinée. Où était-elle ? À Paris, hors de France, ou morte ? De Laize éprouva une douleur atroce. Pour lutter contre son mal, il se jeta dans l'étude. Il avait cru oublier…

Maintenant, le docteur de Laize était l'un des plus célèbres médecins des cinq mondes. Il avait gagné des millions. Et voilà que sa peine d'amour, endormie durant les années de dur labeur, se réveillait soudain. Il s'y sentait tenu comme une chaîne possède le forçat. La douce figure, triste et froide, de Louise de Bescé régnait maintenant en lui jusqu'à le hanter comme un succube. Il en souffrait. Peut-on être un illustre médecin, un de ceux vers la parole duquel aspirent des milliers de malheureux, un de ceux qui font des miracles rien qu'en disant au malade va !… Peut-on tenir dans la société une place quasi souveraine, et comme le cadavre l'est par le ver, se savoir rongé pourtant par un souvenir à demi effacé : un profil de femme, une silhouette que, sans doute, si on la revoyait, on ne saurait reconnaître, et dont la hantise vous tient nuit et jour ? Le fait était là.

Une sorte d'ironie énorme faisait de ce potentat de la médecine la victime du mal le plus sot et le plus ridicule du monde : l'amour…

Le docteur de Laize aimait. Il ne pouvait plus commander à sa pensée de quitter tel sujet et de s'arrêter à tel autre. Il devenait incapable de donner à ses raisonnements d'homme hanté d’une puissante vie intellectuelle la direction voulue et nécessaire à sa quiétude.

Son cerveau lui échappait, qu’il connaissait pourtant comme s’il l’eût tenu là, devant lui, pour en faire des coupes microscopiques.

À travers toutes les idées et toutes les images que le travail mental menait à sa conscience, un fantôme de tableau flottait sans cesse : une perspective de parc avec des arbres géants, une balustrade au lointain, et au premier plan une forme féminine, deux grands yeux, un visage ovale couronné d’une sorte d’auréole, d’un blond tirant sur le roux, et cette démarche indolente et lascive à la fois, ces jambes à demi dénudées par la robe de tennis, cette taille frêle et souple, et ce bombement délicat des seins, ce ventre sur lequel ses lèvres avaient posé…

Le docteur de Laize ferma les poings. Il sentait naître la crise, que nul médicament ne pouvait plus dominer. Il s’arrêta devant la tapisserie aux tons passés. Il ne la voyait pas. Une rage sourde levait en lui comme une légion de démons. Il venait d’évoquer dans son décor familial la douce et chaste Louise de Bescé. Maintenant un autre film commençait à se dérouler en lui. L’immonde série d’images suivait un cours inflexible et le torturait atrocement. Il ne sut y échapper et vit Louise de Bescé, toujours, comme jadis, fine, délicate, hautaine et si jolie, suivant une voie parisienne, en quelque faubourg sale et mal famé. Elle y paraissait à l’aise pourtant, quand, brusquement, voilà que…

Un rictus crispa les muscles de son visage. Ses mâchoires se serrèrent à bloc.

Des rôdeurs surgissaient dans la ruelle sinistre, des bandits à casquettes, en espadrilles, qui couraient comme des fauves sur cette belle jeune fille que leur offrait le hasard. Ils prenaient Louise de Bescé et l'emportaient comme une proie vers un hôtel borgne.

Le médecin, angoissé, bien qu'il sût vivre en ce moment un simple cauchemar, suivait les rôdeurs dans les escaliers puants et gras de l'hôtel. Il entrait dans une chambre ignoble, avec le pot à eau ébréché et la descente de lit usée au-delà de la corde. Avec des rires ardents et pleins d'alcool, on mettait Louise au milieu d'un cercle de faces patibulaires. Elle se tenait droite, à peine plus pâle, regardant sans étonnement ces brutes déchaînées. Alors, un des hommes prenait l'adolescente par les hanches et prétendait à l'amour. Elle le giflait. Ils l'assaillaient. La défense énergique de la charmante Louise ne la libérait pas. Ils étaient trop. De force, on la plaçait en posture de bête. À petits coups de couteaux, le pouce près de la pointe, pour créer la douleur sans grave blessure, on pouvait tout de même l'immobiliser. La curée sexuelle commençait. Levant les jupes, un des bandits s'apprêtait à la violer par-derrière, à la façon des bêtes. Elle se roulait à terre, voulait échapper à ce supplice effarant. On la ressaisissait. Un des hommes se couchait sous elle et l'empoignait par la taille. Mais il ne faisait pas que la tenir. Il la prenait parmi les rires farouches et excités. L'autre, celui qui tout à l'heure n'avait pu réussir un acte différent et pourtant semblable, parvenait à ses fins. Ce n'était pas tout. Parmi les couteaux levés et les abois de cette meute délirante, un homme se plaçait devant Louise de Bescé. Il ne pouvait plus occuper que sa face… Il s'efforçait de le faire. Bientôt la victime évanouie n'était plus entre les mains de ces hommes qu'une chair inerte livrée à toutes les turpitudes…

Le docteur de Laize se passa la main sur le front. La sueur perlait. Cette fresque d'ignominie se reproduisait en sa pensée à des intervalles irréguliers, et il était aussi incapable de la chasser que d'en modifier le lent déroulement.

Il se laissa tomber dans un fauteuil. Les ressorts souples plièrent sous lui. Il se trouva presque allongé, tenu de partout dans une sorte de nuage élastique. Il regarda ses mains. Elles tremblaient. Il ferma les yeux. Mais l'impitoyable image revenait encore. Il ne pouvait s'en débarrasser. Il murmura avec une ironie cruelle : « Bientôt le cabanon »…

Il se haïssait. Une fureur secrète secouait en lui des gestes virtuels de colère âpre. Quoi donc ? Être maître de soi, et pourtant se laisser envoûter par des jeux déments d'imagination, comme une amoureuse de province qui rêve à quelque prince charmant, comme l'écolier qui songe aux délires de la grande fête parisienne, comme une Bovary, une Indiana, un pauvre petit Julien Sorel, un Lucien de Rubempré…

Et pourtant, il fallait en prendre son parti. Il fallait composer avec le démon qui le possédait, il fallait vivre avec ces fantômes obscènes, burlesques et douloureux.

Le docteur de Laize se prit le crâne à pleines mains. Que se passait-il là-dedans dont il ne pouvait maîtriser la folie ? Quelle force secrète agissait seule parmi ces circonvolutions, ces cellules, ces mystères de la pensée humaine ?

Et brusquement, comme un nouveau film commence à se dérouler, il vit autre chose :

Louise de Bescé, toujours la même, entrait dans un salon avec des hommes nus et des femmes comme elles, qui se dévêtaient aussitôt fébrilement. Le docteur de Laize regardait jaillir les membres des vêtements jetés au hasard. C'étaient d'abord les bras graciles et les jambes sveltes, puis le linge s'en allait. On voyait maintenant les seins droits et ronds, avec la croupe dont la double sphéricité harmonieuse complétait le renflement des cuisses et l'inflexion du torse charmant.

Maintenant elle était nue et levait au ciel des bras de statue. On percevait les aisselles, où un mince duvet mouillé de gouttelettes jetait des lueurs glacées. Le ventre avait une grâce exquise de vase à panse rose et savamment incurvée. Et puis le médecin en venait, comme le fer vient à l'aimant, au point du corps féminin où le désir est tapi comme un fauve... C'est le lieu dont la seule pensée empourpre la face, gonfle les veines du front, angoisse la gorge et transforme même un illustre homme de science en bête possédée par le rut. Son regard imaginaire descendit donc jusqu'à la ligne montant entre les cuisses.

Cela faisait vraiment une figure héraldique. Les armoiries des Timo de Bescé : le pairle d'or sur un fond d'hermine. La virginité et le gain… Quelle évocation douloureuse et tragique… Les deux branches montantes du pairle de chair, les aines de Louise, enfermaient une toison rousse. Elle était si fine et transparente que le mont de Vénus se voyait dessous comme un visage de jolie femme sous des voiles de deuil. Cela faisait un infime mamelon, rattaché au périnée par une inflexion délicate, à deux branches, et semblable à une tulipe ouverte. Au milieu de la courbe charnue, un méplat vertical déprimait la chair, dont les deux côtés en contact semblaient pourtant dire qu'il était inviolé. Cette ligne creuse et violacée, avec deux commissures souriantes aux extrémités, c'était le sexe.

Le docteur de Laize voyait tout cela et désirait d'être un des hommes qui, autour de Louise, tendaient vers le ciel des membres d'âne, longs et massifs à terrifier une nouvelle épouse.

Mais son désir était de ces tristes ambitions qu'on sait trop vaines. Il souffrait surtout d'être un homme de science qui se laisse prendre par les cauchemars. Et pourtant son savoir se mélangeait en sa pensée active et amoureuse pour constituer le rêve le plus dément et le plus absurde que jamais mystique ait pu créer.

On songe ; la chose reste vague et floue. Elle n'émeut donc guère en état de veille. Mais, chez ce médecin illustre, le cauchemar même devenait scientifique. Son cerveau le fabriquait avec une précision obstétricale, et voilà que de Laize se sentait devenu une vulve de femme, la vulve de Louise de Bescé. Tout ce que cet organe éprouve, il le percevait dès lors avec une exactitude parfaite. Quelle folie !…

De Laize était une vulve. Une vulve pensante… Et une verge d'homme entrait dans cette vulve. Un sexe fort et rigide, autour duquel les muqueuses formaient un anneau de chair crispée. Enfin le gland venait buter au fond du vagin, sur la capsule qui ferme l'utérus et dont la sensibilité exquise est une des clés de la jouissance féminine. Alors la gaine allait et venait, frottant la virilité dont la peau s'irritait au froissement des chairs chaudes. C'était un délice inexprimable. Et à chaque pénétration profonde, au dehors, le clitoris heurté vibrait comme une cloche. Ces vibrations s'irradiaient dans le corps et préparaient la pâmoison.

Ah ! cette minuscule verge de femme, qu'elle recelait de joie et quelle puissance elle possédait, de sa cachette entre les lèvres du sexe, d'où son rayonnement était comme une électricité répandue !

Cependant, le mouvement des deux sexes insérés l'un dans l'autre s'accélérait sous la fièvre nerveuse qui possédait les deux maîtres des organes. Au passage du frein sur les plis transversaux de la gaine, près de son orifice, une grande vibration agitait la verge et les veines se gonflaient pour porter un sang ardent jusqu'en la tuméfaction magnifique de l'extrémité, devenue aussi dure et écarlate qu'un priape de bois, comme on en mettait à Rome aux portes des lupanars.

Et soudain, la verge entrait plus profond, tentait une sorte d'assaut violent et désespéré, puis s'immobilisait au fond de la vulve. Alors des secousses tétaniques secouaient l'organe, et une liqueur chaude et lourde tombait par gouttes épaisses sur le museau de tanche de la matrice, procurant à la chair féminine une explosion de joie énorme. Les lèvres s'ouvraient plus grandes et le clitoris battait. Un liquide séreux filtrait à travers les glandes ovariennes, et cela aussi était projeté, comme pour accompagner l'éjaculation mâle, tandis qu'une sorte de tremblement courait, jusqu'au bulbe rachidien, porter la douleur et la jouissance intimement mêlées.

C'était le plaisir sexuel d'une femme que de Laize reconstituait ainsi en lui-même. Celui même que Louise de Bescé goûtait sans lui. Il ne songeait qu'à elle. Il aurait tant donné – tout – pour la revoir et la posséder. Maintenant il retrouvait sa qualité de spectateur pour admirer de haut le corps de celle qu'il aimait, et celui du mâle qui avait éveillé en elle le bonheur sexuel. Ils étaient tous deux étendus côte à côte. La verge tombait lentement, amollie par la joie. Louise, elle, restait béante et insatisfaite. On lisait sur ses traits l'appel à tous les priapes du monde, à toutes les jouissances possibles, pour tenter de retrouver cette minute de surhumaines délices…

Et de Laize sentit, à une humidité intime, que dans ce cauchemar il avait joui lui aussi.

Il se dit :

— Mon vieux, tu as trop travaillé ces dernières années, tu as enfermé en toi un fantôme aujourd'hui envahissant, il faut désormais le chasser. La douche ? Pourquoi pas les vaporisations de peroxyde d'azote sur la moelle épinière, le bromure, la valériane ? Voyons, je ne suis pas un de ces idiots qui…

Il s'arrêta :

— Comment me comprendre ? Ai-je un mal mental ou un mal moral ?

Il imagina une théorie freudienne de son cas.

— Cet Autrichien, tout de même, je l'ai honni, vomi, presque insulté jadis. Ce n'est pas si bête son idée. En somme…

Il s'appliqua à suivre une explication logique.

— En somme, je refoule, voilà la vérité. Je suis fils de cinq générations de notaires. Ce furent gens pudiques et bourrés de dignité. Ils m'ont laissé la mécanique à faire la vergogne, mais pas les inhibitions éthiques.

Il se frotta les mains :

— C'est là que gît le lièvre. Je porte les contraintes morales de ces ancêtres, mais sans leur morale même. En somme, j'ai cultivé l'amour de cette pauvre Louise dans un domaine quasi anesthésique, par le mouvement devenu automatique de l'amour sentimental. C'est cela. Je fais du romantisme dans l'inconscient.

Il s'arrêta de raisonner :

— Mais que diable, tout de même, ces scènes de cochonneries, ce n'est pas seulement romantique ? Comment expliquer cela ?

Il se questionna :

— Es-tu chaste ? Non ! Es-tu prude ? Non ! Ces songes-là sont pourtant des imaginations de religieuse ou de moine. Comment en trouver la clé ? Au fond, n'est-ce pas que je suis salace naturellement et qu'en mon tréfonds une force appelle la possession de Louise ? J'y suis ! Je suis un homme qui fait de l'amour dans les ténèbres de la subconscience. De là sort un violent désir matériel pour celle qui me l'inspire, et ce désir, faute de trouver où se répandre dans ma pensée, s'apaise en imageries obscènes. Une guérison ? Je suis terriblement bête de n'y pas avoir songé nettement. Il me faut chercher la petite Louise. Elle est à Paris, on me l'a encore écrit de Bescé. Ou bien elle vit paisiblement selon son rêve d'un travail humble, un de ces travaux ennuyeux et faciles qui, selon Verlaine, demandent beaucoup d'amour… En ce cas je ferai son amant cocu. Si c'est trop difficile, ça me guérira. Si elle fait la noce, je verserai le denier à Dieu, et l'on couchera ensemble. Une fois bien constaté que Louise ne vaut pas en science amoureuse la petite Thea, mon amie, je perdrai contact spontanément. Si elle est voluptueuse, j'en ferai ma maîtresse. Voilà tout, c'est simple comme bonjour. Freud n'avait pas songé à ce traitement. Je vais me guérir par la satiété ou le dégoût…

Le soir tombait. La grisaille du ciel se plombait lentement ; on ne percevait plus dans l'avenue qu'une perspective courte et ombreuse ; des autos se hâtaient, portant des milliers d'hommes vers leurs demeures ; des lumières jaillissaient çà et là. Le docteur de Laize sourit, calmé.

— Elle est peut-être dans une de ces voitures, pressée ardemment contre un amant chéri ?

Il alluma une cigarette :

— Je vais dîner à Montmartre, aller dans quelque music-hall voir des genoux cagneux, mais nus, et des seins piriformes aux mamelons oubliés, puis de là, à minuit, je commencerai une tournée dans les boîtes de nuit. Louise de Bescé, prends garde à toi, j'ai une note à te faire payer !

Il sourit :

— Si, par exemple, je me trouvais impuissant devant elle, comme cela arrive aux amoureux trop tendus, j'aurais l'air d'un bel idiot ! Bah ! j'éviterai ça. Au besoin je lui rappellerai mes petits rêves galants, mon cinéma intime. Elle m'aidera à les revivre en fait... Allons-y !

10

Amour

De Laize remontait vers Montmartre. Deux heures sonnèrent à la Trinité, puis à une autre horloge, plus loin vers l'est, et encore vers le sud. Dans sa hantise de croupes et de sexes, centrée autour de l'image que Louise de Bescé avait laissée en son esprit, il voulut évoquer d'autres pensées. Il dit tout haut :

— Rien n'est plus métaphysique qu'une pendule, en somme. Ce rappel à l'écoulement du temps, c'est tout l'esprit humain…

Il songea au sablier qui pare la fameuse *Melancholia* d'Albert Dürer, puis cela le ramena aux cadrans galants où tant de vieilles estampes marquent l'heure du berger…

Il haussa les épaules. Tout le menait à l'amour. Il imagina encore Louise de Bescé, et elle se faisait posséder par une verge longue comme une jambe, que portait un satyre monstrueux.

— Je suis bête de lier sans cesse des idées différentes que rien, sauf mon détraquement, ne devrait accoupler. Le sexe masculin s'évoque au médecin sous une forme monstrueuse. Soit ! Mais c'est professionnel. Combien en ai-je vus, que la maladie avait transformés en magnums à champagne ? Quant à cette luxure féminine à laquelle je pense souvent, si j'en extrais l'image de Louise, qu'y subsiste-t-il d'anormal ? Je me suis enrichi dans la thérapeutique sexuelle. Elle explique donc que j'évoque l'acte dont le jeu la rend nécessaire !

Cette série de réflexions fit la clarté dans l'âme du docteur de Laize. Il se sentit plus léger.

La rue Fontaine apparaissait modeste et provinciale, malgré les jets lumineux trop brutaux des restaurants de nuit. Il
circulait peu de monde.

Une femme descendait au-devant du docteur de Laize. Elle
s'arrêta à son côté et, d'une voix douce, susurra :

— Mon chéri, si tu savais comme j'ai envie de t'aimer.

Il quitta ses songes abstraits et regarda la femme avec un
peu d'étonnement, vite disparu.

— Vraiment, mon petit, tu le désires tant que ça ?

Elle le dévisagea soupçonneusement :

— Oui ! tu es beau et tu es fort. J'aime les hommes comme
ça.

— Tu en trouves beaucoup ?

Elle se mit à rire :

— Je vois que tu es affranchi !... Bah ! je le leur dis. Mais
toi, tu l'es vraiment...

— Tu ne sais pas à quoi je pensais lorsque tu m'as arrêté ?

— Non... Pourquoi ?

— Pour te le dire. Je réfléchissais que tous les jours ii y a
peut-être trois cents personnes par minute qui font l'amour à
Paris.

— Oui ! Cela t'épate.

— Mais non, dinde ! Je songe aussi à la quantité de sperme
que cela fait.

— Cochon !

Il la regarda avec ironie.

— Pourquoi m'appelles-tu cochon ? Je suis un homme de

science qui médite sur des problèmes complexes.

Elle ricana.

— Tu es un fou, oui !… un piqué !… Ah ! tu dois être salement exigeant avec les femmes !

— Non… peu. Je ne leur demande que de se taire. Mais à toi je ne te demanderai rien du tout.

Il continua son chemin, furieux d'avoir été troublé dans ses méditations d'érotisme transcendant et arriva devant le restaurant de nuit Phallos.

Une longue file d'autos ornait les deux trottoirs. Magnifiques voitures ou petits meubles de promenade à deux baquets. Des limousines, pareilles à des galeries d'Apollon en balade, voisinaient avec de minuscules torpédos basses sur pattes, qui avaient je ne sais quel air menaçant de mauvaises bêtes empoisonnées. Une foule se formait et se défaisait sans répit devant la porte de l'établissement.

C'étaient des femmes en robes de soirée, ou couvertes de pelisses, ou encore demi nues sous des manteaux à grands plis. Des hommes en frac regardaient et passaient, l'air glacial ou trop attentif. Trois valets en culotte courte, bas de soie et perruque, portant les couleurs de la princesse de Cedignan, propriétaire de la maison, s'empressaient parmi les groupes. Une lumière rose et éclatante tombait de cinq lampes à arc nues, dont on ne pouvait, sans cligner, regarder les trois charbons, d'une teinte solaire.

Le docteur de Laize traversa cette foule gracieuse et

parfumée, qui le regarda entrer avec curiosité. Les femmes frémissaient des lèvres et deux hommes, après sa venue, se regardèrent obliquement en silence.

De Laize monta un escalier tendu de violet clair. Une odeur suffocante de parfums, où dominait la senteur âcre des muscs et l'arôme lourd des essences de rose, flottait dans l'air.

— Bonjour, docteur !

Une grande femme, vêtue d'une longue cape noire descendant jusqu'aux pieds, arrêta de Laize à l'entrée de la salle de Phallos. Elle apparaissait somptueusement belle, d'une beauté travaillée et savante, où les fards et les teintures avaient leur part, et le travail des masseuses et le hammam, et des soins infinis. Mais cela, sous la lumière des arcs, constituait la plus émouvante des beautés, une beauté que l'on devinait fragile, attirante pourtant et dont le charme ne s'oubliait plus.

— Bonjour, ma chère amie.

La voix de Jacques tremblait, parce que son passage de la science à la volupté se faisait trop brutalement et que, de l'idée pure, il tombait sur la femme qu'il avait le plus désirée et le plus difficilement conquise : la comtesse Thea Racovitza.

— Vous n'avez pas honte, vous, un grand médecin dont les minutes de jour et de nuit devraient être dévouées aux douleurs humaines, de venir traîner en ce lieu de perdition ?

Il la regarda avec hauteur :

— M'occupais-je, ma chère Thea, si de jour et de nuit vous avez une profession secrète à laquelle vous vous devez toute ?

Elle devint écarlate. Le regard fixe du docteur pesait sur

ses paupières larges qui battaient nerveusement. C'est que le médecin n'ignorait point que Thea Racovitza, maîtresse d'un ancien président du Conseil, était une espionne au service de l'Angleterre.

Elle se remit et, avec l'air d'une chatte énervée, murmura :

— Chut, voyons ! Vous allez répandre mes secrets…

Mais c'était pure échappatoire, car son œil dur cherchait une vengeance. Elle trouva :

— J'irai à votre table tout à l'heure.

Il sourit :

— Pourquoi vous tenez-vous si close dans cette cape espagnole ? On croirait que vous dissimulez…

— Je dissimule Eros, mon cher…

— Montrez !

Elle l'attira sur le palier, devant une porte, tandis que des étrangers entraient dans le restaurant avec des abois asiatiques.

— Tenez !

Elle ouvrit la cape. Elle était nue, sauf au bas du ventre une rosace de gemmes tenue par un fil appendu à une chaîne d'or faisant ceinture.

— Thea, vous êtes belle.

Les seins vermillonnés, le corps poudré de violet, elle était en effet pareille à une magnifique statue.

— Je sais être belle, mon cher.

De Laize sourit. En lui-même, brusquement, un désir violent s'aggravait soudain :

— Pourquoi êtes-vous si vêtue ?

Elle se regarda de la tête aux pieds.

— Comment, vêtue ?

Il désigna la rosace étincelante :

— Vous êtes aussi habillée qu'une vieille dévote de Carpentras.

Elle articula, en refermant la cape :

— Si vous voulez venir souper avec moi dans un cabinet, je me dévêtirai.

— Mais, Thea, vous vous êtes dénudée ainsi dans un but. Vous ne saviez pas me rencontrer et ce n'est tout de même pas votre tenue quotidienne.

Elle chuchota :

— Je vous donne une heure. À quatre heures je danse avec votre amie Lelivick et deux autres expertes danseuses.

— Et puis ?

— Il y aura deux hommes nus qui danseront aussi.

— Bien, Thea, je prends un cabinet, mais je veux tout de suite avec vous un de ces hommes nus.

— Vous l'aurez. Tenez, voici le premier maître d'hôtel. Demandez le salon !

Au désir exprimé par de Laize on accéda tout de suite. Il traversa un pan de la salle tumultueuse et fébrile, où les Kinkajous agitaient les nerfs des couples. Il entra alors dans un couloir à tapis épais et fut l'hôte du cabinet 6, dit « cabinet des gousses ». Une fresque infiniment belle courait en effet sur les quatre murs, représentant des femmes étendues, enlacées et incurvées, offrant toutes les fleurs de leurs corps aux baisers profonds ou superficiels, ardents ou souriants, d'autres femmes aux allures reptiliennes.

Cette arabesque de formes féminines caressait délicatement le regard. De Laize, qui connaissait ce lieu, le contempla encore avec délices. Il commanda à souper et attendit.

Thea Racovitza reparut. Elle menait avec elle un jeune Anglo-Saxon blond et svelte, vêtu d'une longue mante rouge qui faisait à sa tête pâle un décor curieux.

L'Italienne enleva le vêtement de l'adolescent muet et le médecin vit un corps magnifique, à peau rosée, où les muscles longs et fermes jouaient avec précision, sans pourtant arriver à ce détachement de certains hommes puissants qui semblent des écorchés. Les jambes longues et solides avaient surtout une grâce étonnante. De Laize demanda à la femme, en allemand :

— Parle-t-il votre langue ?

— Non !

— Eh bien ! il est épatant. Et avec cela pudique. On dirait l'Apollon tueur de lézards.

— J'y pensais, dit-elle. Mais ne vous fiez pas à sa pudeur. Si vous voulez la mettre à l'épreuve ?...

— Comment ?

Elle fit le geste de se retourner et de tendre la croupe.

— Ah ! non, Thea ! Vous peut-être ?...

— Moi !... Vous êtes criminel, docteur !

— Oh ! ne faites pas votre prude !...

Elle éclata de rire.

— Et vous, ne faites pas votre débauché ! On sait bien que

vous ne pouvez jouir qu'en croyant avoir avec vous une petite fille de votre pays qui a mal tourné.

Il se renfrogna.

— Thea, vous manquez aux convenances. Remportez votre giton, ajouta-t-il. Je n'en veux plus, ni de vous.

Elle laissa tomber sa cape et sauta sur les genoux du médecin.

— Je ne veux pas vous voir fâché, mon ami.

— Je le suis. Il n'y a pas à y revenir.

— Allons ! pour vous remettre de bonne humeur, je me suis mise en peau. Cela ne vous suffit pas ?

Elle toucha délicatement la chair du médecin.

— Non ?... Vous êtes bien froid. Je vais enlever ma rosace !

Indifférent, il resta muet. Elle montra son sexe épilé. Elle en avait fardé les lèvres et, d'une touche de carmin, rehaussé le clitoris apparent.

— Je ne suis pas belle, comme ça ?

— Si, Thea. Mais je suis un être extrêmement sensible. En ce moment surtout, je ne suis pas équilibré, j'ai de stupides cauchemars. Alors, un rien suffit pour me faire passer de la bonne humeur à l'irritation.

Elle appela l'Anglais.

— Mets-toi sur le canapé et ne viens près de moi qu'à mon appel.

Ensuite elle éteignit.

— Que faites-vous, Thea ?

— Monsieur, je ne veux pas que vous me voyiez faire ! Et puis, je sais qu'il y a à côté une femme extraordinaire, avec ce vieux cochon de Marxweiller. Notre cabinet voit ce qui se passe dans le sien, ça va vous divertir. Je fais fonctionner l'organisation des glaces.

Elle agita diverses choses, pesa sur des boutons et revint à de Laize.

Infiniment triste et sans désir, il avait fermé les yeux. Il sentit Thea qui tentait d'éveiller sa virilité. Elle s'était accroupie devant lui et il perçut, malgré sa peine, un frissonnant contact, une caresse aiguë et lancinante qui peu à peu éveillait le mâle en lui.

Bientôt il ne put se contenir. Habile et savant, le délicat frôlement tendait au fond de sa pensée toutes les forces viriles. Il se connut tout près de la jouissance. Thea, qui s'en aperçut, se releva.

— Ne bouge pas, mon chéri. Nous te donnerons du plaisir malgré toi.

Elle eut un léger rire, alors, en posant ses lèvres odorantes sur celles du docteur. À un appel bref, l'Anglais nu s'était approché. Le médecin ne bougea point. Les yeux toujours clos il sentit un sexe, comme féminin, mais étroit et d'une préhension spéciale, qui le saisissait. Un lent bercement aggrava l'étrangeté d'une prise ardente. Il percevait nettement au contact de sa chair énervée les anneaux musculaires d'un anus masculin. Brusquement, dans une crispation, la joie vint…

Alors, de Laize ouvrit les yeux.

Devant lui, par un système de miroirs, il voyait, comme s'il avait été présent, une scène parallèle dont le salon voisin était témoin. Un homme gras, et pourtant jeune, lèvre tombante, nez arqué et chevelure laineuse, était assis sur un canapé. Une femme, avec délicatesse, et on n'aurait pu dire quelle aristocratique dignité, provoquait de la main et des lèvres cet homme au plaisir. De Laize regarda de ses yeux fixes. Ses lombes frémissaient encore de jouissance. Elle faisait vibrer en lui des organes profonds aux frissons délicats.

Et soudain la femme du salon voisin se releva. L'homme à nez lourd et tignasse d'astrakan entrait en transes. Le regard mort, il parut agoniser. La femme regardait son œuvre avec un sourire étonnant de dédain et de sérénité glaciale. Elle prit sur la table un petit mouchoir de soie et s'essuya la bouche. Alors, de Laize, avec un mouvement d'horreur, reconnut cette femme, cette… Il ne sut comment se la définir… C'était Louise de Bescé.

11
Le choc

Le docteur de Laize, crispé, avait les yeux toujours fixés sur la forme élégante qui, dans la pièce voisine, et ne se sentant pas regardée, accomplissait avec un naturel parfait ces actes taxés d'infamie que seul justifie le plus ardent des amours.

Il avait chassé Thea Racovitza et l'Anglais aux fesses accueillantes. Il restait seul. Le front moite, il but un verre de champagne sans quitter des yeux le honteux spectacle.

C'était bien Louise de Bescé. Elle n'avait rien perdu de sa dignité, ni de sa grâce. Elle n'avait aucunement l'air d'une prostituée et non plus d'une maîtresse passionnée. Elle s'attestait femme du monde, un peu distante, sereine, impassible, et qui accomplit des choses… délicates aussi naturellement qu'elle offrirait des petits fours. Quelles choses ? Ah ! de Laize n'avait pas tout vu.

Louise avait, elle aussi, bu du champagne. Elle était revenue ensuite vers l'homme pantelant. Il se relevait alors et lui demandait quelque chose. Elle allait remplir son verre d'une liqueur rouge et le lui rapportait. Il buvait, puis paraissait vouloir que Louise accomplît un acte auquel la jeune fille se refusait doucement, avec un sourire mondain qui ne voulait pas expressément dire non.

Il insistait. Louise se retroussait et lui montrait sa croupe. Il l'embrassait avec une ardeur véhémente et de Laize ne voyait plus que le visage de la jeune fille, lui faisant face, et qui gardait un demi-sourire narquois.

L'homme paraissait enfin désolé de quelque chose et de Laize vit de quoi il s'agissait : sa verge était maintenant molle et pendante. Il la désignait avec ennui. Son désir était de jouir encore mais il lui fallait le coup de fouet d'un type particulier de volupté.

Louise avait rabattu ses jupes, elle se tenait debout, semblant attendre les ordres de l'homme laineux, qui, navré, montrait toujours son sexe, maintenant réduit à rien.

Elle tentait d'animer le membre de la main, mais ne réussissait point. Elle s'assit sur les genoux de l'homme, ayant relevé sa robe et placé sa chair en contact avec le priape amolli. Elle s'agita un instant, puis se retira. En vain.

Évidemment, cet individu ne voulait ni faire ordinairement l'amour, ni même user de moyens normaux dans les actes de remplacement.

De Laize avait vu que Louise consentait à recevoir cette virilité dans sa bouche. Quel acte pouvait donc être pire, pour qu'elle s'y refusât ?

Et le médecin, durant toute cette scène, ne pouvait toutefois pas mépriser cette femme, qu'il aimait depuis trois ans d'une folie croissante, et dont rien n'aurait pu l'éloigner désormais.

Toujours en lui cet amour subsistait. Mieux, il constata avec horreur que le spectacle inattendu auquel il assistait aggravait encore sa passion et la rendait moins supportable. Il aimait…

Louise refusait toujours, mais que refusait-elle ? De Laize eût donné une fortune pour le savoir.

Enfin, avec une gaieté apparente et délicate, la fille du marquis de Bescé se dévêtit. L'homme lui faisait des discours suppliants. Quand elle fut en chemise, il tira de sa poche un carnet de chèques et signa un papier, puis le tendit à la jeune fille. Elle le prit et le plaça avec tranquillité dans un sac à mailles d'or qui pendait au dossier d'une chaise. Louise, presque nue, s'étira alors. Elle était encore d'une prodigieuse correction. Elle avait beau lever ses bras en l'air et montrer ses aisselles rousses ; ses seins, si admirablement faits et d'une rondeur idéale, avaient beau être dehors, et son sexe aussi, que de Laize ne voyait pas encore… Elle avait beau prendre les attitudes d'une fille, elle restait une femme de bonne éducation, chaste même dans la débauche, par le naturel, la simplicité et l'aisance de ses actes. Et ce paradoxe enivrait le médecin, transporté d'un désir furieux.

Louise but encore. Elle devait se donner du courage. Mais quelle pouvait être la monstruosité réclamée par cet homme à pelage entortillé ?

De Laize passa en revue les pratiques de l'amour. Il ne trouva rien qui parût devoir effaroucher aujourd'hui cette jolie personne qu'il avait connue pure au château de Bescé, mais qui, depuis…

Il souffrait de ne pas comprendre ce qui devait s'accomplir et craignait l'inconnu. Il guettait de ses yeux fous le couple tranquille, dont les paroles lui échappaient.

Alors il vit l'homme quitter son frac, puis son gilet, puis son pantalon. L'étonnement du médecin devint pareil à un torrent, ii l'entraînait à tel degré que de Laize dut se retenir en son envie d'aller frapper à la porte du cabinet voisin pour demander : Mais qu'allez-vous donc faire ? Il bouillait.

L'homme enleva encore sa chemise. Il restait vêtu d'une sorte de maillot en cellular. Il avait posé son caleçon.

De Laize l'estima en physiologiste :

« Voilà un garçon qui, toute sa jeunesse, s'est masturbé deux ou trois fois par jour. Il a fait du sport tout de même, de sorte qu'il n'est pas trop affaissé. Mais cette verge allongée et dont le gland est écrasé témoigne d'une manualisation ardente. Et il devait se la serrer violemment, comme les enfants que la passion possède. Alors il lui faut désormais du piment. »

Louise et son compagnon restèrent face à face une minute. La jeune fille parut encore une fois faire une objection et demander de différer ou d'annuler sa promesse. Mais l'autre montra de nouveau sa virilité tombante. Il parut poser un dilemme.

Il vint à l'esprit du médecin que l'inconnu voulait sodomiser Louise. Il avait vu les belles fesses féminines, et cette gaine de l'anus, encore vierge, ou certes peu utilisée. Car dilaté par force et coutumièrement, le sphincter ne retrouve plus son étroitesse. Mais de Laize verrait-il cette nuit déflorer ainsi la femme qu'il aimait ? À y songer avec anxiété, à évoquer cet orifice charnu où la volupté s'embusque aussi, l'excitation sexuelle le saisissait lui-même. En ce moment, s'il avait eu devant lui cette croupe souple et mouvante, il aurait été tenté jusqu'à la fureur par sa possession. En ce corps harmonieux, toutes les courbes s'infléchissaient vers l'anus. Il le constatait pour la première fois. C'est là le véritable centre artistique de la femme. On dirait que le reste des lignes convergentes désigne le milieu des fesses et y attire… C'est l'invitation : *Hic habitat felicitas…*

De Laize eut honte de se découvrir soudain sodomiste.

Mais le moyen, devant une forme féminine semblable, de ne pas sentir tout en vous se bander vers le désir, et quel désir…

Le médecin se demandait toujours, jusqu'à en souffrir, ce que voulait cet amant d'une femme que lui, de Laize, aimait depuis des années et qu'il voyait offerte là, à deux pas… mais point à sa propre passion…

Alors, l'inconnu prit sa pelisse suspendue à une patère et l'étendit sur le sol. Ces préparatifs faisaient bouillir le specta-teur caché, qui se crut dans un cachot d'inquisition et soumis au supplice de la question. Toujours, à mesure qu'il voulait deviner ce qui se préparait à côté, la réponse était différée. Il s'agaçait, tandis que son propre sexe gonflé le gênait presque et réclamait, malgré la saignée pédérastique pratiquée par l'Anglais tout à l'heure, une nouvelle libération de ses canaux engorgés.

Ayant allongé la pelisse, l'homme s'assit dessus. À ce moment, Louise lui fit une remarque ou une objection. Mais il passa outre. Il était tout congestionné et à l'idée seule de ce qu'il allait faire ou subir, sa verge retrouvait déjà rigidité et couleurs.

« Le dénouement approche… » se dit de Laize.

L'inconnu, assis à terre ou plutôt sur la pelisse, fit des recommandations à Louise, qui les écouta avec un air d'ironie. Elle dit encore une chose qui, elle, enthousiasma son compagnon, comme si on lui eût révélé un grave mystère. Alors il s'étendit sur le dos. Il était de trois quarts par rapport à la glace qui rapportait tout à de Laize et… Louise s'approcha, s'assit près de la figure de l'homme, en une position qui ne pouvait vraiment pas être celle de la cunnilingie, et le médecin comprit enfin d'un coup. Son cœur allégé se mit alors à battre.

En effet, sitôt Louise placée, le périnée au ras du menton de l'homme, celui-ci ouvrit la bouche toute grande et sa virilité ardente se mit à battre comme sous l'impression d'un désir qui n'a plus qu'un pas à faire vers la jouissance. L'homme se faisait pisser dans la bouche…

La posture était parfaite, mais Louise, souriante, dit encore quelque chose. Le personnage trouva cela juste. Elle alla donc chercher les serviettes qui attendaient sur la table le moment où le couple voudrait souper et les plaça, l'une à terre devant le front de l'individu couché, l'autre sous sa tête, en contact avec la pelisse. Puis elle reprit sa position.

De Laize voyait admirablement l'anus un peu dilaté, dans l'effort fait par la jeune fille qui voulait pisser. C'était une petite chose rose et bouillonnée, entre les fesses glacées et fortes.

Sous les cuisses, la chair tassée dessinait ces plis délicats que les Grecs ont donné à la Vénus accroupie. Le sexe s'ouvrait légèrement par l'écartement des jambes et cela faisait une ligne coralline autour de laquelle un pelage très fin, pareil à une ombre de crêpe, dessinait un petit triangle limité par les plis des aines et du ventre. Car la jeune fille, penchée en avant, ne voulait rien perdre du spectacle, et sa face moqueuse avait une expression ingénue et intéressée à la fois. Cette opération lui était vraisemblablement demandée pour la première fois.

Elle s'efforça. On voyait, sous le léger effort, son dos osciller et la chair se gonfler au périnée. Enfin elle dit un mot à son compagnon, qui ouvrit une bouche énorme. Ses yeux luisaient et les transes de la volupté le saisissaient déjà.

Et Louise pissa. Le premier jet frôla l'oreille droite de l'homme, mais la jeune fille rectifia le tir. D'un décalage de la croupe, elle trouva la bonne posture et de Laize vit alors le filet blond, giclant du sommet du sexe féminin, dessiner une courbe parfaite et venir s'engloutir dans la bouche grande ouverte. Et l'homme avalait cela à mesure, de sorte que le débit restait exactement proportionné à l'absorption.

En même temps, de la verge du buveur, la liqueur séminale jaillit, avec une force qui témoignait de la violence du désir enfin satisfait. Depuis qu'il voulait cela, une sorte de compression ou de jouissance différée s'était amassée dans ses organes. Et l'aboutissement venu enfin, la joie réalisée selon le vœu, libérait le plaisir avec une vigueur magnifique. Le plus curieux, pour de Laize, fut de voir le jet spermatique se briser exactement sur la rose anale de Louise.

Mais la jeune fille n'avait qu'une médiocre envie de pisser et tout s'arrêta. Elle attendit une minute en cette position. L'homme semblait réclamer une nouvelle irrigation.

Elle vint, courte et liquoreuse, et le membre qui, sitôt l'éjaculation obtenue, s'était amolli se redressa encore.

Alors Louise se releva, dit en souriant quelque chose de moqueur, puis se vêtit lentement.

Avachi, l'individu, les yeux creux et les membres mous, le sexe ratatiné et le nez pincé, semblait incapable de bouger désormais.

Quand Louise fut vêtue, elle le questionna et exprima son désir de sortir.

L'autre lui dit de l'aider. Il se mit debout péniblement, s'habilla, et fit signe à la jeune fille qu'elle eût à boire ou manger. Mais, très froide et très digne, avec des excuses que de Laize devina courtoises et élégantes, elle exprima visiblement le désir de se retirer.

Le médecin refit la lumière, appela le maître d'hôtel, lui

remit mille francs et lui donna son nom précipitamment. Une fois dans la rue, devant la porte de l'établissement, il commença par allumer un cigare, puis s'immobilisa, comme regardant passer la foule. Haut en couleur et vêtu avec une extrême recherche, il avait l'air d'un clubman, et d'ailleurs bien des gens faisaient le pied de grue comme lui.

— Tiens ! comme c'est curieux !… Bonjour, ma chère Louise !

De Laize avait entendu une robe de soie crisser derrière lui. Il s'était lentement retourné. Somptueuse, enveloppée d'une cape brodée d'or, coiffée d'une sorte de chapeau d'aigrettes et portant une ferronnière au front, Louise de Bescé se tenait devant lui.

En voyant cette femme parfumée et souple, hautaine, avec des yeux durs et fixes, mais gardant un sourire méprisant sous une insaisissable pureté dans la face et dans l'allure, qui donc eût dit qu'une demi-heure plus tôt elle faisait… ce que de Laize avait vu ?

Le médecin fut figé. Il chercha ses mots avec désespoir. Il y avait un tel monde entre Louise de Bescé — celle qu'il avait devant les yeux — et la femme qui, voici un instant, pissait dans la bouche d'un Oriental burlesque et passionné, que nul n'aurait pu se décider à traiter celle-ci comme l'autre… Et pourtant c'était la même que, trois ans plus tôt, de Laize avait à demi possédée, du moins par la bouche, sur le banc de gazon de la grande allée du château de Bescé.

Tous deux se regardèrent un instant. Mais si de Laize avait

l'âme troublée et inquiète, sur sa face tendue et puissante rien ne se montrait de ses hésitations intérieures. Elle devina qu'il ne fallait pas heurter de front cet homme qui la connaissait. À feindre de ne le point reconnaître, elle courait le risque d'un scandale. D'autant que les établissements de nuit sont bondés de mouchards et de journalistes à l'affût d'une histoire piquante.

Elle dit donc, en tendant la main, avec l'air d'une grande dame qui reçoit un solliciteur :

— Bonsoir, docteur ! Dites-moi ce qui me vaut de vous rencontrer si tard ?

Cette audacieuse réponse arrêta d'un coup tout ce que de Laize voulait dire. Il fut une seconde à retrouver la maîtrise de soi. Il pensait : Quelle femme prodigieuse !…

— Ma chère Louise, repartit-il enfin avec un air mondain, je m'ennuyais, et j'ai songé que ces établissements nocturnes chasseraient mes idées noires.

— Fort bien, dit-elle. Et la cure a réussi ?

— Non ma foi. Mais dites-moi si vous êtes venue ici dans la même intention ? Cela me permettrait de dresser le graphique des traitements de l'hypocondrie par Phallos.

Elle éclata de rire :

— Par Phallos… Bon pour moi, mon cher. Mais cela pourrait vous détériorer.

— Vous aussi fit-il brutalement.

Elle le dévisagea de près avec une insolente cordialité.

— Il est des détériorations qui embellissent les femmes…

Il avoua :

— De fait, vous êtes prodigieusement belle. Fascinante, émouvante.

Elle se pencha encore vers de Laize et avec un air confidentiel qui lui pinça le cœur :

— Croyez-vous me l'apprendre, mon cher ? J'en vis…

Knock-out, il ne réagit point, et ce parfum musqué mélangé de rose et de violette qui se dégageait d'elle alluma dans son âme un feu dévorant.

Il la prit par le bras, car des curieux, qui l'étaient sans doute par métier, s'attroupaient autour du couple.

— Venez un peu plus loin. Il y a trop de cornets acoustiques autour de nous.

Elle accepta.

— C'est vrai, montons jusqu'aux « Extérieurs ».

Il dit, angoissé :

— Ah ! Louise, vous ne sauriez croire ce que ça me déchire d'entendre la jeune fille connue à Bescé dire avec ce ton-là « les Extérieurs ».

Elle rit :

— Il m'amuse beaucoup de voir moraliser, mon cher de Laize, un homme qui fut l'amant de ma mère…

Assommé, le médecin plia la tête. Il la tenait par le bras et ce bras nu qu'il sentait au long du sien le brûlait.

— Louise, je vous aime toujours !

Elle dit moqueusement :

— Moi aussi !

— C'est vrai ? mâcha-t-il avec colère. Ah ! ne dites pas cela en vous moquant, ou je vous…

Elle retira son bras :

— Ah ! ça, mon ami, vous êtes fou ! Vous dites m'aimer ? Je le mérite, je pense ? Je suis belle, j'ai d'autres vertus et je suis un incomparable instrument de plaisir, pour un homme.

— Je le sais, murmura-t-il férocement à l'oreille. J'étais dans un cabinet voisin du vôtre, tout à l'heure. Je vous ai vue masturbant, suçant et réjouissant Marxweiller *(le nom dit par Thea lui était soudain revenu)*.

Cette fois, Louise eut le dessous. Que de Laize l'eût vue lorsqu'elle se croyait si bien isolée, lui procura au long de l'échine un frisson glacé. Car elle avait senti, avertie aujourd'hui comme elle l'était de tous les secrets psychiques de l'amour, un désir confus la prendre à la rencontre de cet homme qu'elle n'avait pas oublié. Pour cela, et avec une ironique vérité, Louise avait dit l'aimer aussi.

Le médecin, soudain, lut la cruauté hostile sur le beau visage clos. Il comprit que la lutte tournait à son avantage et il se sentit vaincu par son succès. Il chuchota en hâte :

— J'ai oublié déjà. Je ne m'en souviendrai jamais. Ah ! Louise, je regrette de vous avoir dit cela, et mon regret doit m'absoudre, car dans cette lutte entre nos deux orgueils je vous rends les armes.

Elle se tut. Il reprit :

— Je ne vous ai jamais oubliée. Depuis trois ans je pense à vous, Louise. C'en est devenu un cauchemar. Je ne peux plus vivre sans vous. Votre ombre hante mes nuits et mes jours. Vous me possédez comme jamais magnétiseur n'a possédé sa victime ; je vous adore, soyez à moi.

Elle se tut encore. Il prit cela pour une acceptation et son cœur s'emplit d'un bonheur énorme. Il crut tomber, tant la félicité absorbait d'un coup les forces de son être.

— Louise ?

Elle le regarda.

Ah ! ces yeux larges sous lesquels passait une large touche de bistre, ces joues roses et mates, ces épaules arrondies dont il entrevoyait les ondulations harmonieuses, et tout ce corps qu'il devinait rénové du jour où il lui appartiendrait !

— Vous consentez, Louise ? Je suis humble, je vous veux. Je ne puis croire que rien nous sépare. Louise, dites-moi oui ?

Elle se pencha vers l'homme qui la suppliait, et son sourire était un ensorcellement. Sa cape s'ouvrit un peu, en même temps, et il vit la naissance de la gorge. Il connut un désir immense et douloureux de tenir cela dans ses bras, tout de suite…

Elle dit :

— Non !

Il oscilla comme un arbre ébranlé par la hache.

— Non ! mon ami. Il vous fallait garder pour vous, et toute votre vie, et dans l'autre vie, s'il en est une, il fallait garder ce que vous avez vu ce soir. Il fallait que cela fût effacé de votre cerveau…

Elle s'arrêta. Une émotion faisait trembler les commissures

de ses lèvres.

— De Laize, je t'ai aimé. Je t'aime encore. Vierge, tu m'as révélé un peu de plaisir. Habile au plaisir, j'aurais aimé te le rendre. Une Bescé peut tout faire, rien ne l'avilit et je ne me crois pas au-dessous de ce que je fus jamais. Mais tu as vu ce que tu ne devais pas voir. Oui ! il fallait fermer les yeux, ou bien, les ayant ouverts… voyeur… il fallait oublier, mais d'un oubli sur lequel serait passé le Lethé… Tu as parlé, malheureux… Toi seul est ici sali… Te voilà avec la tache de Lady Macbeth que rien ne pourra plus effacer. Je te plains, de Laize ! Je n'ai pas manqué de lire le désir sur ta face. Et quel désir, dont je te sens rongé comme par un cancer !… Tu m'aimes, mais ne vois-tu pas qu'en cinq mots tu as ravagé — et par vanité d'homme qui tient à avoir en tout le dernier — ce verger où mûrissaient des fruits que je t'aurais laissé cueillir et qui, peut-être, étaient pour toi…

12
L'inévitable

Louise de Bescé quitta le docteur de Laize et se mit à courir. C'était place Pigalle, en allant vers la place Blanche. Une demi-minute éberlué et saisi, le médecin ne bougea pas. Puis il réagit violemment et se précipita après la fugitive. Engoncée dans sa cape, elle courait mal et d'ailleurs ne semblait point imaginer être poursuivie.

Les pas pressés de Laize lui firent tourner la tête. Elle le vit arriver comme un taureau furieux.

Quand il fut à trois pas de Louise, elle s'arrêta enfin. Avec hauteur, son regard pesa sur le maladroit personnage qui croyait peut-être avancer ses affaires d'amour en caracolant après une femme comme celle-là. À dix mètres, adossé à un arbre, et éclairé par une lampe à arc, un jeune homme était debout. On voyait le visage ovale et fin, la stature svelte et gracieuse, l'allure désinvolte et plaisante. Mais une cigarette pendait à sa lèvre, et le chapeau posé sur la nuque, montrant un front coupé par des cheveux flous, désignait un maquereau du quartier.

Il parut s'intéresser à la poursuite de cette grande femme, que sans doute il connaissait, par un homme à l'aspect évidemment « miché ». Louise dit alors d'une voix sèche et coupante :

— Ah ! ça ! mon cher de Laize, vous allez devenir mon cauchemar…

Le médecin répondit :

— Il en est de charmants, et puis ma chère, dans la bonne société on ne se quitte pas de cette façon brusque. J'accours pour vous faire mes adieux.

— Ah ! bien ! En ce cas je vous remercie. Adieu donc !... Qu'avez-vous à me regarder avec ces yeux fous. Il y a autre chose ?

— Louise, ne prenez pas ce ton persifleur. Comprenez-moi...

— Je vous comprends à ravir. Vous avez envie de coucher avec moi parce que votre... imagination me figure particulièrement attrayante dans l'intimité. Mais moi, je ne veux pas coucher avec vous.

— Louise, il ne s'agit pas de coucher, mais d'aimer...

Elle se prit à rire railleusement :

— Aimer... aimer !... Vous voulez m'aimer !... Mais mon pauvre ami, il est trop tard. Vous ne m'apprendriez plus rien. J'ai été aimée par tous les bouts, ou plutôt, par tous les orifices, et devant et derrière, et en haut et en bas, et dans les jarrets et entre les seins, et sous les aisselles, et des pieds et des mains... et...

Il voulut être ironique :

— Et encore ?...

Elle se pencha vers lui :

— La jouissance que j'ai extraite des hommes ferait un niagara, malheureux ; j'ai... embrassé des centaines de verges d'hommes ; je me suis fait... enculer... Entendez-vous les mots qui font fuir l'amour ? Sucer, comme on dit, la queue d'un homme, se faire enculer, quoi, ça ne vous décourage pas ?

Il dit sombrement :

— Je ne vous en désire que plus. Mais vous mentez. Je vous ai vue tout à l'heure et je suis médecin…

— Eh bien ?

— Croyez-vous que je ne sache pas qu'en un endroit, au moins, vous êtes encore vierge ?

Elle fut décontenancée.

— Ah ! Louise, vous voulez me faire croire des monstruosités, parce que vous êtes nerveuse en ce moment. Je ne vous crois pas. Vous avez peut-être, pour vivre, consenti à certaines choses. Que m'importe. C'est l'âme que je veux de vous et le corps offert comme une âme de chair. Alors, je vous aurai toute neuve.

Il se pencha sur le beau visage crispé.

— Je vous aurai de cœur chaste et pure, Louise, le reste importe peu. Les mains d'une femme ne sont pas déshonorées parce qu'elle aurait récuré des casseroles, ni sa bouche parce qu'elle aurait eu la nausée. Votre sexe, votre bouche seront à moi et vous ne pourrez les avilir, ni par les mots ni par les actes. La virginité, ce n'est pas de n'avoir jamais vu une verge de mâle, mais de séparer de l'amour la connaissance commerciale qu'on en a. Et l'amour c'est moi, Louise, qui vous le dicterai.

Elle recula la tête en arrière. Cette parole d'autorité la domina un instant. Elle devint blême et ses lèvres tremblèrent. Mais c'était la fille du marquis de Bescé. Elle se reprit, puis, regardant autour d'elle, vit le gigolo debout qui paraissait guetter. Alors, elle dit :

— De Laize, tu outres toujours la mesure. Tu ne m'inspires pas d'amour, et pour te le prouver, je te quitte pour aller coucher avec ce maquereau qui est là et faire ce qu'il voudra…

Elle courut vers l'escarpe, et lui dit à l'oreille :

— Protège-moi contre ce pante-là. Il m'assomme !

Le médecin demeura seul au bord du trottoir. Autour de lui les boulevards extérieurs étaient d'un calme parfait. Des bouffées de musique venaient des établissements de nuit entourant la place Pigalle. Au loin, les lumières faisaient une sorte de chapelet et l'on entrevoyait dessous, ça et là, des ombres silencieuses.

Que lui fallait-il faire ? Se battre avec ce bandit, qui devait avoir dans sa poche la lame prête et le revolver armé ? Quelle ignominie ! Tristement, il s'en alla. Et derrière lui, le rire de Louise de Bescé commença de résonner, nerveux et lascif.

Il avait fait vingt pas lorsque apparut devant lui son ami, le fameux policier privé Hans Holler, descendant vers la rue Frochot. Se tournant vers le couple enlacé que faisaient là-bas Louise et le voyou montmartrois, il dit :

— Holler, tu vois ces amoureux-là ?

— Oui !

— Suis-les, ou fais-les suivre. Je veux savoir demain matin où est la femme. C'est une ancienne amie. Téléphone-moi à dix heures le résultat de cette surveillance.

— Bon ! Au revoir ! Je ne t'écoute plus, ils sont déjà loin.

Et Hans Holler s'en alla d'un pas bref et silencieux.

De Laize rentra tristement chez lui. Il ne dormit point et songea longtemps à ce dialogue avec Louise. Hélas ! il le savait bien, c'était une femme indomptable. Tout ce qui paraissait attenter à sa personnalité la faisait cabrer. Et le médecin se rendit bien compte qu'il avait dû à plusieurs reprises, dans leur entretien, froisser cette âme altière. Comment eût-il pu dire ce qu'il voulait sans blesser une énergie si agressive et que la lutte pour le pain, dans cette grande cité féroce, avait dû exaspérer jusqu'à la frénésie ?

Le certain, c'est qu'il aimait toujours Louise de Bescé. Il ne l'avait jamais tant aimée. Il gardait désormais pour elle une sorte de passion mystique dont il ne s'expliquait pas la violence, mais qui le tenait avec une force prodigieuse. Et il sentit que cela deviendrait pour lui une question de vie ou de mort. Il faudrait que Louise lui appartînt. Sans cela il ne répondait plus de son cerveau, et, plutôt que de sombrer dans les abîmes de l'idée fixe érotique, il aimerait mieux…

Elle était en ce moment avec le misérable rôdeur. En cet esprit porté vers le défi, toutes les extravagances demeuraient possibles. La reverrait-il jamais, l'amoureux transi qui somnolait, le sang à la face, dans le fauteuil de son salon, en écoutant les heures se suivre ?

Avec Louise, tout était à craindre, même qu'elle quittât Paris, pour aller n'importe où par le monde, même qu'elle adoptât le maquereau recruté boulevard de Clichy et en fît son amant de coeur et son protecteur. En ce cas il faudrait tuer. Car de Laize était décidé à briser tous les obstacles qui le séparaient de son amour. S'il fallait tuer, la mort viendrait au commandement. Et un médecin peut assassiner sans que nul s'en doute.

Mais tout cela reculerait l'heure de réaliser cet amour qui lui brûlait les moelles. Il sentait pourtant, à certains appels de sa chair et de son esprit, l'urgence profonde d'agir...

***

Neuf heures et demie tintèrent lorsque la grêle sonnerie du téléphone réveilla de Laize, qui avait commencé de sommeiller, vers sept heures, tout vêtu sur son fauteuil. Il se souvint de Hans Holler et de la mission dont il l'avait chargé. D'un bond ii fut sur l'appareil.

— Allô ! qui est là ?

— Holler ! c'est au docteur de Laize que je parle ?

— À lui-même. Mon cher Holler, racontez-moi vite ce que vous savez.

— Voilà : fait suivre le couple désigné. S'est rendu dans un hôtel, 35, place Vintimille. Pas habituel ni à l'un ni à l'autre. C'est la femme qui a payé. À huit heures et demie, ce matin, homme descendu seul et parti trouver un ami dans un bar interlope de la rue Fontaine. Il y est encore. Il doit s'agir de quelque mauvais coup fait et d'un partage de dépouilles. La femme est encore couchée. On la guette ; si elle sort vous serez informé.

— C'est très bien, mon cher ami, continuez.

De Laize raccrocha l'appareil et songea une minute, puis son parti fut pris. Pendant qu'elle était seule au lit, il fallait courir trouver Louise. Il tenterait, avec plus de finesse que la veille, une explication décisive. En tout cas, d'ailleurs, il fallait que cette femme fût à lui et même ce n'était pas assez. Il fallait qu'elle fût la sienne. Pour parvenir à ce but, rien ne l'arrêterait.

Il passa rapidement sous la douche, se rhabilla, prit deux verres d'un tonique et sortit. Au premier taxi rencontré il fit signe, monta et cria : place Vintimille !

***

Louise de Bescé avait pris comme protecteur, moins contre de Laize que contre son propre attendrissement, ce voyou de la Butte que l'on surnommait Verre de Lampe. Les femmes l'appelaient ainsi parce qu'il possédait un pouvoir d'érection sexuelle absolument remarquable.

Il restait la verge haute des heures durant. C'était, certes, une maladie dont mourrait cet individu avant peu d'années, mais, dans un pareil milieu, une telle puissance ne pouvait qu'honorer son porteur. Verre de Lampe était donc la coqueluche de ces dames, qui pouvaient étudier sur lui l'art de se donner du plaisir avec un instrument particulièrement propice.

II avait donc des maîtresses à foison. Elles pourvoyaient à ses besoins avec libéralité. Toutefois, comme il avait encore l'esprit d'aventure, il participait à des cambriolages et autres dangereux expédients, entre-temps, pour les frais de vie que l'on ne saurait demander à l'amour.

Louise le connaissait comme toutes les femmes qui fréquentaient les restaurants de nuit parisiens. Elle le savait dangereux et expert dans le maniement du couteau. Mais elle était d'humeur à braver tout le monde et il lui avait toujours plu de vivre difficilement. Ainsi ne regrettait-elle pas, en se dirigeant avec cet homme vers un hôtel de la place Vintimille, le risque qu'elle pouvait dorénavant courir. Car avec ces hors-la-loi, toute déclaration d'amour est un lien infrangible. Et il faut, dès qu'on a possédé Verre de Lampe dans son lit, satisfaire, tant qu'il y tient, à toutes ses exigences financières.

Louise de Bescé, lorsqu'elle fut dans une chambre d'hôtel avec cet inquiétant personnage, résolut de jouer large et de l'attacher cette nuit par le sexe, comme lui s'était attaché les autres femmes. C'était aussi une défense, car elle portait une bijouterie abondante et magnifique, bien faite pour tenter un voleur.

Aussi, dès la porte close, se mit-elle nue en un tournemain, pour être en quelque façon sous les armes. Puis, avant que l'homme se fût lui-même dévêtu, elle mit toute sa science galante en acte pour le faire jouir d'abord.

Ce fut, à vrai dire, très facile. Verre de Lampe dressa aussitôt un membre fort beau, très lisse, sans poils sur la peau, sans veines tordues, sans laides excroissances. C'était une tige rose, terminée par un gland d'une somptueuse couleur vieux carmin, et dont l'infléchissement léger en arc, la rondeur parfaite et l'aspect gracieux autant que robuste, expliquaient l'ardeur des Montmartroises à se le réserver.

Louise, d'une main preste, se souvenant toujours de Khoku, fit en vingt secondes jaillir le sperme. Il était d'une fluidité anormale et à peine blanc, car l'homme était en fait impuissant à procréer.

Heureux, Verre de Lampe entama alors une discussion en argot sur les femmes. Louise écoutait en tendant la croupe. Elle savait que rien comme la contemplation des fesses de femmes n'a d'action sur les vrais voluptueux. De fait, l'autre, sitôt nu et la verge toujours batailleuse, voulut la sodomiser. Mais en ce cas, combien d'hommes, ayant affaire à des amantes spirituelles, ont en vérité la verge dans le sexe même, quand ils croient posséder la gaine arrière. Bien entendu, cela ne se peut que si l'amant perd, dans le plaisir et l'activité de celle qui accueille et retient son offrande, la connaissance exacte de l'obliquité des orifices.

La tromperie est très réalisable, lorsque la femme est experte et sait se placer de façon à créer l'illusion. Louise fit ainsi. Elle s'agita avec intelligence et avec une telle énergie qu'elle obtint la seconde éjaculation en un tournemain. Elle se retira d'un coup de croupe et l'autre, qui s'était occupé durant l'acte à caresser les beaux seins de sa maîtresse, ne s'aperçut point de la supercherie.

Alors elle s'allongea sur le lit et admira ce priape extraordinaire, toujours tendu et exubérant. Ils firent encore l'amour de façon normale, sans que rien put amollir ce chef-d'œuvre de raideur. Elle se dit alors :

— Toi, je te ferai baisser le caquet !

De fait, lorsque Verre de Lampe eut pris un peu de repos, Louise joua un instant avec lui, puis, après quelques acrobaties, elle sauta sur l'homme, le chevaucha, et d'une main preste, introduisit le beau phallus dans sa gaine. Elle commençait à y trouver quelque excitation et profita de cette position cavalière pour se donner elle-même du plaisir. Ce fut long à souhait, car la jeune fille avait la jouissance lente. Mais son partenaire, un peu las par chance, ne pouvait éjaculer tout de suite. Il le fit enfin, avec une sorte de crispation douloureuse qui réjouit la jeune fille. Il disait :

— Ça me brûle, mon petit ; je ne sais pas si je jouis ou si je souffre.

— On va le voir maintenant, rétorqua-t-elle, en continuant son lent mouvement de torsion. Car elle voulait continuer jusqu'à ce qu'il demandât grâce. Pour ne pas s'essouffler, ac-croupie sur ce grand corps, elle remuait avec douceur, en rond, et de temps en temps descendait d'une saccade, de façon à in-troduire la verge jusqu'au tréfond. Cela lui procurait un plaisir neuf, délicat et fin.

Bientôt elle commença le mouvement contraire, puis accé-léra cette façon de coiffer la virilité avec la vulve bâillante. Ce jeu donna à l'homme une sorte de frisson aigu, constatable à la façon dont il l'accompagnait. Louise, très maîtresse d'elle-même, connut enfin que son partenaire allait éjaculer. Elle alla plus doucement, puis s'arrêta.

— Va !… va !… cria Verre de Lampe.

— Attends ! mon ami.

Lui, nerveux, voulut alors accomplir les mouvements mêmes qui allaient le faire jouir, mais, assise sur le ventre viril, Louise l'immobilisait.

— J'allais jouir, ma petite, pourquoi as-tu arrêté ?

Elle reprit alors son action, mais bien plus lentement. Enfin, à la minute même qu'un dernier frottement allait amener le jet, elle s'arrêta de nouveau. Pantelant, il ne réagit point, mais son souffle précipité témoignait qu'il était à bout.

Après trois minutes d'attente, Louise reprit sa lente caresse. Son sexe bien placé descendait sur la verge et l'absorbait d'une lente et frissonnante goulée. Cela allait jusqu'à la racine. Là, Louise faisait halte et remontait en serrant les muscles de la vulve qui étreignaient le gland comme une main.

Alors, elle s'enlevait d'un coup, puis la croupe haute, surveillait si le méat blanchissait. Vaincu, l'amant immobilisé, les yeux clos, restait étendu comme un cadavre.

Et la jeune fille recommençait, précautionneuse. Elle voulait maintenir cet homme une demi-heure au bord du spasme sans aboutir. Elle reprenait donc son accroupissement, sentait la verge vibrer comme une épée au premier contact, puis l'ensevelissait en elle. Bientôt elle connut, aux réflexes de la face chez Verre de Lampe, qu'il ne pourrait supporter cela longtemps encore. Le masque se déformait, un rictus inquiétant tirait ses commissures, et sa glotte allait et venait en un mouvement de déglutition avorté.

Elle renonça à agir par le sexe, recula un peu et, des doigts, se mit à attoucher légèrement le pénis levé, gonflé jusqu'à l'éclatement.

Et à chaque fois que la jouissance allait sortir, Louise s'arrêtait pour attendre, tandis que des houles violentes secouaient les lombes du malheureux.

Une heure elle joua ainsi. Enfin, à certain moment, elle s'était arrêtée depuis deux minutes au moins, voyant des secousses tétaniques agiter la longue tigelle charnue. Elle allait la reprendre quand, issue d'une impression nerveuse plus forte que les contacts, le sperme fit explosion. Alors, Louise, suivant le plan qu'elle avait adopté, se mit à secouer de sa main agile les bourses et à caresser le gland avec rapidité.

Ce fut prodigieux. Le jaillissement spermatique s'aggrava et devint une façon de jet alternativement coupé et abondant, mais presque transparent à la fin. Et Louise masturbait toujours. Alors l'homme cria :

« Ah ! tu vas me tuer ! »

Une heure après, insatisfaite, elle tenta de récidiver. De la bouche et de la main, se faisant lesbianiser en même temps, dans cette posture que l'on nomme soixante-neuf, pour exprimer l'opposition alternée des deux corps, elle parvint encore une fois à faire jouir l'homme. Mais la verge, durant tout l'acte, resta amollie.

À sept heures du matin, elle reprit possession de ce sexe en le chevauchant à rebours et s'efforça de galvaniser un corps exténué. Ce fut une besogne titanesque. Il lui fallut une virtuosité admirable pour l'amener au bord de la joie ; une fois là, toutefois, elle recommença à prolonger les préparations durant près d'une heure. À la fin, ce qui jaillit fut un mélange de sang et de sperme qui établit clairement la victoire féminine.

Louise, voyant cela, songea avec orgueil au docteur de Laize. Je l'ai vaincu comme celui-ci. L'un par la tête, celui-là par le sexe…

À huit heures, Verre de Lampe s'éveilla en sursaut, et la face creuse, dit qu'il avait rendez-vous avec un poteau, pour un truc à la manque. Il se vêtit au galop, la tête vide, et s'en alla. Louise avait sauvé ses richesses. Elle songea une minute qu'elle ferait bien de partir aussi. C'eût été prudent, mais la lassitude l'écroula sur le lit.

À onze heures, Verre de Lampe frappa à la porte. À demi endormie, elle ouvrit et sa face se tendit quand elle vit la gueule féroce du bandit, sur les traits duquel la jouissance différée et répétée avait laissé des traces d'hébétude et d'épuisement.

Elle pressentit que cette fois il faudrait livrer bataille. Peut-être l'arme sexuelle ne suffirait-elle pas ?… Mais Louise de Bescé ne craignait ni le sperme ni le sang…

Nue, orgueilleuse et froide, la toison sexuelle emperlée de sueur, la chair lisse et lactée, avec un rien de fatigue sous les yeux cernés, et des gestes prompts de femme que la nudité libère, elle se jeta devant le canapé où reposaient ses vêtements.

Elle portait les seins hauts avec une sorte de majesté, et, sur la cuisse, près des lèvres roses du sexe, imperceptiblement écartées, une large tache rouge témoignait que Verre de Lampe savait aussi pratiquer ces baisers ardents qui mènent le sang à la bouche et que l'on nomme suçons…

Les deux adversaires se regardèrent un instant. Le bandit sentit que devant lui ce n'était point une bête du troupeau féminin paissant sur les pentes montmartroises. C'était un vrai fauve, dont la morsure, comme le baiser, emportait le morceau…

Il se souvint de cette croupe agile, au centre de laquelle il pensait avoir la veille trouvé un rare bonheur. Cela l'amollit. Il biaisa. Louise, posée comme un gladiateur, une jambe en avant, avec un rire de haine, regardait cet homme vil qu'elle avait manié cette nuit avec mépris. C'était la plus belle verge de Paris… Soit ! Autant dire que c'était le symbole même de l'homme, du mâle…

Qu'est-ce qu'un homme ? Une virilité…

Mais combien faut-il de temps pour qu'une femme habile fasse de la plus fière des verges mâles… un chiffon ?

Épilogue
Renaissance

Le docteur de Laize se vit devant la porte de l'hôtel où était en ce moment Louise de Bescé. Il reconnut l'agent de Hans Holler attendant à la terrasse d'un bar, quelques pas plus loin, et vint à lui.

— Holler ? demanda-t-il.

— Oui, monsieur !

— La personne n'est pas sortie ?

— Non, monsieur !

— Quel numéro de chambre ?

— Trente-quatre.

— Bon. Merci !

Et de Laize entra sous le porche de l'hôtel. Rien ne lui fut demandé. Dans cet établissement à femmes, on devait être accoutumé aux allées et venues d'inconnus. Il prit l'escalier et monta lentement. Son cœur battait. Au second, la première porte était numérotée quinze. Il se dit : c'est au troisième.

Au troisième, la première porte était le trente. Il s'enfonça dans le couloir de droite, où il avait vu le trente et un… Il fut devant le trente-quatre et s'arrêta. Une crispation tirait sa bouche. Alors il entendit…

Une voix d'homme disait en grinçant, coléreuse et grasseyante :

— Toi, ma petite, tu peux dire non… c'est comme si tu la
bouclais. Je suis fauché. Le flanche que je viens d'aller voir est
en carafe et il me faut du bulle. Primo : ce que tu as, tous tes
bijoux ; secundo : tous les soirs à partir d'aujourd'hui, deux
livres… Parfaitement, deux cents balles par jour. Tu feras des
michetons pour plus que ça. Tu m'as pris cette nuit, tu es à
moi. Je te garde comme femme et rouspète pas !…

La voix de Louise de Bescé sonna, froide et ironique. Ah !
cette voix fit à de Laize un bien inexprimable. C'était toujours
la même invincible volonté ; les Bescé d'Yr n'ont jamais trem-
blé. Ils portent l'Hermine au Pairle d'Or et le heaume à neuf
grilles, comme des ducs. Ils aviliraient cela en pliant sur un
ordre de marlou ?… Louise ne dit qu'un mot :

— Imbécile !

Figé, l'autre se tut.

— Imbécile, tu penses me faire peur ! Mais crois-tu avoir
affaire à tes fournisseuses habituelles ?

Verre de Lampe dit :

— Moi… je…

— Tais-toi, cria Louise. Toi… toi… qu'est-ce que c'est que
ça ? Je t'ai pris pour passer une nuit, comme un instrument.
Même à ce point de vue je t'ai vaincu, tu le sais… Alors, tais-
toi donc et va-t'en ! Tu me dégoûtes !

Il y eut un silence :

— Allons, sors d'ici, redit Louise, rien que de te voir j'en
perdrais l'envie que j'ai de mon amant.

— Qui est-ce ? grinça le maquereau.

— Celui qui me suivait cette nuit et que j'ai voulu exaspérer par jeu. Tu as été pour moi une balle qu'on se renvoie en l'air comme ça…

Elle dut faire un geste. Mais l'homme, de Laize le devina, tira alors un couteau :

— Tiens, salope. Tu ne me charrieras pas plus longtemps !

De Laize sauta sur la porte qui céda. Il avait porté la main à la poche où était son browning familier. Il le prit. La chambre apparut. Louise, nue, se défendait agilement contre la brute qui tenait une lame démesurée au bout d'un bras haut levé. De Laize tira.

Le bandit et Louise churent ensemble. Lui tué net, elle blessée d'un coup de coutelas qui lui avait entaillé l'épaule.

De Laize se rua sur elle, la souleva, la mit sur le lit et regarda la plaie. Ce n'était rien. Il allait arrêter le sang en deux minutes. Un pansement fait et maintenu huit jours : Louise serait guérie… Elle ouvrit les yeux et vit le médecin. Sa bouche eut un sourire.

— Êtes-vous à moi, maintenant ? demanda de Laize à voix basse.

Elle fit oui, de la tête.

— Y resterez-vous ?

Le souffle de Louise laissa passer ce seul mot :

— Oui !…

***

Écho du *Figaro* :

« Le docteur de Laize et sa charmante femme, née Timo

de Bescé d'Yr, ont fêté hier dans leur hôtel de l'avenue du Bois-de-Boulogne, la naissance de mademoiselle Louise-Antoinette-Marie-Zanette Timo de Laize de Bescé, leur fille. »

Autre écho du *Gaulois* :

« La Ligue pour la chasteté avant le mariage est depuis hier définitivement constituée, sous la présidence d'honneur du président du Conseil, et la présidence effective de madame de Laize de Bescé, l'heureuse épouse du plus célèbre médecin européen d'aujourd'hui... »

Table des matières

www.grandsclassiques.com

ISBN ebook : 9782512007784
ISBN papier : 9782512008989
Dépôt légal : D/2018/12603/6

Couverture : © Hélène Massart

Conception numérique : Primento, le partenaire numérique
des éditeurs